KB102198

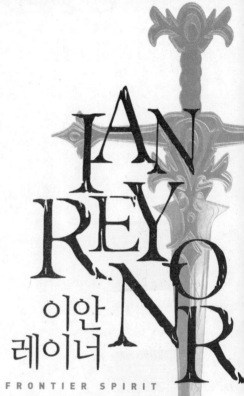

IAN REYNOR

이안
레이너

FANTASY FRONTIER SPIRIT

이휘 판타지 장편 소설

이안 레이너 9

이휘 판타지 장편 소설

초판 1쇄 찍은 날 § 2017년 1월 18일
초판 1쇄 펴낸 날 § 2017년 1월 25일

지은이 § 이휘
펴낸이 § 서경석

편집책임 § 김경민

펴낸곳 § 도서출판 청어람
등록번호 § 제387-1999-000006호
등록일자 § 1999. 5. 31
어람번호 § 제1-2612호

주소 § 경기도 부천시 부일로 483번길 40 서경B/D 3F (우) 14640
전화 § 032-656-4452 팩스 § 032-656-4453
http://www.chungeoram.com
E-mail § chungeorambook@daum.net

ISBN 979-11-04-91173-6 04810
ISBN 978-89-251-3719-3 (세트)

FANTASY FRONTIER SPIRIT

이휘 판타지 장편 소설

IAN REYNOR

이안
레이너

9

도서출판
청람

CONTENTS

1장

헐… 마족?

갑작스러운 상황에서 일제히 밀려가는 병력의 선두에 선 칼로이 자작은 조금은 수비적인 자세를 취했다. 혹시 적들의 계략에 속아서 당하는 것일지도 모른다는 의심이 들어서였다. 그러나 거리가 좁혀질수록 그 의심은 서서히 사라져 갔다.

'제나인 자작이로군. 이 싸움은 이겼다!'

제나인 자작과 그의 문장이 그려진 기를 든 병력들만 남아서 어서 오라며 신호기를 흔들어 대고 있었다. 죽어서 쓰러진 자들까지 합해도 4천이 넘었으니 적들은 반토막이 난 병력으로 도주하는 것이 분명했다.

"속도를 올려라! 이대로 적들을 추격한다!"

"추웅!"

칼로이 자작이 우렁찬 외침으로 명령을 하달하자 그의 부하들은 다 이긴 싸움이라는 것을 목도해서인지 몇 배는 더 우렁우렁한 음성으로 화답했다.

"여기요! 여기!"

칼로이 자작은 환호를 울리고 있는 병력이 있는 곳을 지나치려 했다. 그러나 손을 흔들며 외치는 제나인 자작을 그냥 지나치지는 못했다.

"고생했소이다, 제나인 자작!"

"당연히 해야 할 일이었소. 바로 추격을 할 생각이시오?"

"그래야 하지 않겠소이까. 이미 사기를 잃고 도주하는 자들이니 쉽게 제압할 수 있을 것이오."

"그럼 우리 군도 합류하도록 하지요."

"좋소. 바로 갑시다."

제나인 자작이 합류의 뜻을 밝히자 칼로이 자작은 허락을 하고 서둘러 추격의 끈을 바짝 조였다. 선두로 나서며 기세 좋게 군대를 몰아가는 칼로이 자작과 그 휘하의 기사들은 강렬한 안광을 흘리며 서서히 거리가 좁혀지는 적들의 뒤로 쇄도해 나갔다.

"재거 단장."

"네, 주군!"

"서서히 속도를 줄이도록."

제나인 자작군은 칼로이의 군대와 보조를 맞춰서 나아가다 서서히 속도를 줄였다. 점점 앞으로 치고 나가는 칼로이 자작의 군대가 연합군을 거의 따라잡았을 무렵 전방에서부터 우렁우렁한 외침이 터져 나왔다.

"전군! 반전하여 적들을 공격하라!"

"반전! 반전하라!"

"우오오오오오!"

패주하던 자들의 모습이라고는 상상도 할 수 없는 기세등등한 모습으로 반전한 병사들이 달려오는 칼로이의 군대와 마주쳤다.

"방패 방어! 대오를 좁혀!"

"으라차! 죽어랏!"

어느새 중장 보병들이 맨 뒤쪽에 자리 잡고 있는 연합군이었다. 중장 보병들이 순식간에 자리를 잡고 방패를 이용한 방어 진형을 갖추며 적들의 돌격을 맞이했다. 그리고 뒤에서 반전하여 공격에 나선 병력들이 짧은 투척용 창을 일제히 집어던졌다.

"1열 투척!"

"죽엇!"

"으라랏!"

투창은 가장 원시적인 방법으로 적을 공격하는 수단이었다. 던질 수 있는 거리도 짧고 그 위력 또한 상대적으로 약할 수밖에 없었다. 그러나 천을 이용하여 슬링을 투척하는 방식을 접목시킨 투창술은 몇 배의 위력을 보이며 공간을 가르고 날아갔다.

콰직! 퍼걱! 퍼퍼퍼퍼퍽!

방패로 막아도 그것을 뚫고 들어가 버리는 강력한 힘 앞에 병사들은 비명을 지르며 쓰러져 갔다. 일반적인 투창술이었다면 팔에 상처를 입는 정도로 그쳤겠지만 그것을 넘어 팔을 뚫고 몸통까지 들어와 박힌 것이었다.

"오오! 대단한 위력이다. 2열 투척!"

"우오오오오!"

"전부 죽여주마! 으라라찻!"

천을 이용한 투창술을 익히느라 하루를 족히 고생했던 병사들이었다. 하지만 그 위력이 얼마나 대단한지 눈으로 확인하자 더욱 사기가 오르고 힘이 불끈불끈 치솟는 듯했다. 그것이 반영됐는지 더욱 강력한 위력이 담긴 창들이 공간을 가르며 적들에게로 날아갔다.

"지금이다! 적들을 도륙하라! 연합군의 승리를 위하여!

돌격!"

뒤쪽에서 처져서 따라오던 제나인 자작군은 주군의 명령이 떨어지자 느릿하게 달리던 것에서 벗어나 적극적으로 적들의 후미를 공격하기 시작했다.

"적들을 죽여라!"

"다아크 공작의 개들을 쓸어버려라. 공격!"

"공격! 공격하라!"

우레와 같은 함성을 내지르며 달려드는 제나인 자작군은 전방에서 반전하여 전열을 무너뜨리고 있는 아군의 공격에 보조를 맞췄다.

"이, 이 개자식들! 배반을 하다니!"

칼로이 자작은 갑작스러운 제나인 자작군의 배반에 당황했다. 안 그래도 도주하던 적들이 반전하여 강력한 반격을 가하는 것에 뜨악하던 차에 아주 커다란 대못을 심장에 박아 넣는 제나인 자작군이었다.

"우리의 숫자가 더 많다. 반격! 반격하라!"

"대오를 갖춰라! 반격한다!"

지휘관들의 외침이 조금은 먹혀드는지 속수무책으로 당하던 병사들이 대오를 좁히며 방어 대형을 갖췄다. 숫자가 더 많다는 것도 방어에 큰 몫을 해내는 원동력이 되어주었다.

"큭! 작전이었다 이건가? 기간트들을 출전시키도록!"

뒤에서 상황을 주시하던 카이만은 기간트를 출전시키라는 명령을 내렸다. 적의 진형을 보건대 기간트는 보이지 않았으니, 지금 상황에서 기간트를 출전시키면 적군을 그대로 깔아 뭉개는 것이 가능했다.

"기간트 출전하라! 기간트!"

"추웅!"

우렁찬 외침을 토해내며 기간트 라이더들이 속속 자신의 기간트에 탑승했다. 많은 기간트를 동원할 수는 없었던 탓에 15기가 고작이었지만 그 정도만 해도 충분했다. 덕분에 사기는 하늘을 찌를 듯했고 라이더들은 속속 전장을 향해 나아가기 시작했다.

"카이만 님, 우리들은 어떻게 할까요?"

흑마법병단은 자신들만 아무런 명령이 떨어지지 않자 조금은 기대에 찬 모습으로 물었다. 파괴와 살육은 그들에게 사기를 흡수할 수 있는 기회였고 그것을 통해 더욱 높은 경지로 올라갈 수 있었다. 때문에 지금 이 순간이 그들에게는 놓치기 싫은 기회의 순간이었다.

"우선 대기한다. 기간트들로 확실한 우위를 점할 수 있는데 굳이 나설 이유가 없지. 뭐… 간간히 공격 마법으로 적을 격살하는 것은 허락하겠다."

흑마법사들인 탓에 사용하는 마법들이 괴이하고 독했다. 마계의 존재들을 소환하는 소환 마법이 주를 이루는 터라 쉽게 사용할 수 없었다. 그렇다고 해도 흑마법의 공격 마법의 위력은 백마법에 비할 바가 아니었다.

"감사합니다. 흐흐흐!"

"기간트의 뒤를 따라가자고."

"그래야지."

흑마법사들은 기간트들이 난전을 벌이고 있는 곳으로, 이동하는 놈들의 뒤를 따라 서서히 나아갔다.

'기간트라… 결국은 기간트까지 나서는군.'

별수 없다는 것은 알지만 그런 상황이 안 오기를 바랐다. 어찌 되었든지 간에 기간트 전력이 부족한 락토르의 상황에선 최대한 많은 기간트 전력을 보존하는 것이 최우선 과제이기 때문이었다.

"기, 기간트다! 모두 좌우로 이동하라!"

뒤쪽에서 밀려오는 기간트를 발견한 제나인 자작군은 맹렬하게 후미를 공격하던 것에서 벗어나 좌우측으로 이동하며 기간트의 직접적인 공격 범위에서 이탈했다.

"라피드 소환!"

제나인 자작군이 도망치자 기간트들은 그대로 아군 병력

을 통과하여 연합군의 본대를 향해서 밀려 나갔다.

"라피드 탑승한다!"

후웅! 스스스슷!

이안의 신형이 유령처럼 사라지며 라피드 안으로 스며들었다.

—마스터의 탑승을 환영합니다. 자주 마스터를 모셨으면 정말 기쁘겠습니다.

라피드는 기계적인 음성으로 말했지만 이안은 라피드가 자신을 반긴다는 것을 느낄 수 있었다. 자주 자신을 불러 달라는 칭얼거림도 그렇고 말이다.

"앞으로는 자주 불러주마. 하하하!"

라피드의 에고는 이안의 대답에 기분이 좋은 듯 한차례 진동을 일으키며 본체의 기동을 시작했다.

—동화율 체크합니다. 80%… 85%… 90… 95… 96%. 동화율 체크 완료!

"96%라… 좋군."

—조금만 더 노력하시면 97%까지 올라설 수 있을 겁니다. 분발하십시오.

"알았다. 기동!"

—기동합니다. 마스터!

라피드가 마나 코어의 강력한 마나를 뿜어내며 기동에 들어갔다. 마주쳐 달려오고 있는 기간트들과는 차원이 다른 박력과 기세가 느껴지는 저돌적인 움직임이었다.

"레이너 백작을 도와라! 아군의 기간트들도 출전하라!"

"추웅!"

연합군 측에도 기간트는 존재했다. 귀족 가문이라면 1대 정도는 기간트를 지니고 있었으니 그것을 모두 끌어모은 것이었다. 그래 봤자 5대에 불과했지만 적어도 적들의 전력을 분산시키는 역할을 해낼 수 있을 것이었다.

"내 뒤로 붙어라!"

이안의 외침에 연합 측의 기간트들이 뒤로 바짝 붙으며 대오를 갖췄다. 적진에서 달려오는 15기의 기간트들에 비하면 부족한 전력이라 조금은 기가 눌린 모습들이었다. 강해 보이는 라피드의 뒤에 서야 마음이 놓인다는 듯한 기운이 역력했다.

'최대한 빠르게 정리한다. 그 길만이 피해를 줄일 수 있어.'

기간트들이 파괴된다면 적들도 끝까지 싸우려 들지는 않을 것이었다. 다아크 공작의 사병들이라고 해도 목숨이 아까운 것은 마찬가지일 것이니 말이다.

―내가 상대한다. 나머지는 잔챙이들을 처리해!

―추웅!

적 기간트들을 이끄는 우두머리가 기세 좋게 이안의 라피드를 향해 달려오며 외쳤다. 락토르의 범용 기간트인 젤러스들로 11미터의 체고를 지닌 놈들이 일제히 달려왔다.

—흐압!

빠르게 치고 들어오며 기간틱 렌스를 날카롭게 찌르는 것으로 선공을 펼쳤다. 마나 코어 1.6에서 나온, 강한 힘을 동반한 찌르기 공격을 펼치며 그대로 라피드를 향해 몸통 차지를 해왔다.

'힘으로 해보자는 건가? 웃기는군.'

라피드의 체고는 나이트급에 준하는 12미터가 넘었다. 원래 9미터인 쥘베른이 마수와 결합되면서 3미터가 늘어난 결과였다. 아직 이안도 라피드의 정확한 마나 코어 파워를 알진 못했지만, 적어도 나이트급은 넘어설 것으로 짐작만 하고 있었다. 그런 라피드에게 힘 싸움을 걸어오니 콧방귀가 절로 뀌어지는 것이었다.

콰앙! 쿠쿠쿠쿵!

견갑이 서로 충돌하고 무지막지한 힘이 서로를 향해 투사되었다. 그러자 대번에 젤러스의 거체가 뒤로 밀리며 땅바닥에 깊은 고랑이 생겨났다.

—미, 미친!

체고가 비슷하기에 어느 정도 엇비슷한 힘일 거라 여기고 힘 싸움을 걸었다. 자신이 라피드를 잡고 있는 시간 동안 부하들이 다른 적들을 압살하면 승부는 기울 것이니 말이다. 그런 생각으로 싸움을 시작했는데 초장부터 그 생각은 철저하게 잘못된 것임을 몸으로 깨달아야 했다.

쿠쿵! 쿠쿠쿵! 츠츠츠츳!

계속된 부딪침에 마나 코어에 무리가 오기 시작했다. 폭주하기 시작하는 마나 코어에서 마나가 터져 나왔고 파노라마 사이트가 퍽 소리를 내며 꺼져 버렸다.

"젤러스 따위로는 어림도 없지! 흐랏!"

이안은 힘 싸움에서 형편없이 밀려 튕겨 나가는 젤러스를 향해 강력한 일격을 가했다. 쓰러지는 놈을 더욱 빠르게 쓰러트려 버린 후, 다음 먹이를 향해 눈길을 돌렸다.

"다음은 너다!"

이안은 뒤쪽의 기간트들을 잡기 위해 돌아 들어가던 적을 향해 그대로 쇄도해 들어갔다.

―마, 막앗!

―내가 돕겠다!

갑작스럽게 리더의 젤러스가 파괴되고 폭주하듯이 쇄도해 들어오는 라피드 때문에 적들은 당황하기 시작했다. 자신들이 생각하는 속도와 힘을 월등히 뛰어넘어 버리는 괴물의 등장은 전의를 상실하게 만들기 충분했다.

"부서져랏!"

콰앙! 콰드드드등!

이안은 양옆으로 기간틱 렌스를 찔러 넣은 젤러스들의 공격을 피하며 목표로 했던 적을 향해 보디체킹을 선사했다. 강력한 힘과 속도에 미처 대응하지 못하고 그대로 얻어맞은 젤러스는 끈 떨어진 연처럼 뒤로 튕겨 나가 버렸다.

─으으… 괴, 괴물…….

─모두 덮쳐라! 죽기로 덤벼!

남은 기간트들이 일제히 이안을 향해서 밀려들었고 그런 적들을 향해 거검을 치켜든 라피드가 강렬한 기세를 흩뿌리며 박투를 시작했다.

"카이만 님! 저길 보십시오."

카이만은 기간트들의 뒤를 따라 움직이며 적들의 영혼을 수집하려 했다. 그러나 기간트들의 전투가 벌어지기 무섭게 라피드에 의해서 기간트들이 망가지는 것을 목격해야 했다. 그리고 부하들은 그런 모습에 패닉에 빠져들며 고함을 외쳐대기 시작했다.

"으득… 저 버러지 같은 새끼… 기필코 죽이고 말 테다!"

카이만은 마신의 모습과도 같은 라피드를 향해 증오를 드러냈다. 자신의 인형들을 모두 사라지게 만든 원흉이 그 안에 타고 있음을 안 것이었다.

"모두 가고일을 소환하도록!"

"네? 하, 하오나… 그것은……."

흑마법사들이 소환하는 마계의 소환체 가운데 가고일은 그리 강력한 몬스터는 아니었다. 그래도 그것을 소환하려는 것은 가고일이 비행 몬스터라는 점에 있었다. 흑마법사들이 타고 다니면서 싸울 수 있는 가장 약한 생명체인 것이다.

"책임은 내가 진다. 그리고 모두 죽이면 그만이야. 알아듣겠나!"

카이만은 이안에 대한 증오로 위험한 도박을 벌이려 하고 있었다. 적들을 모두 죽이고 아군까지 입을 다물게 하는 위험 천만한 일임을 알면서도 증오로 눈이 멀어버린 것이었다.

"후우… 알겠습니다. 가고일 소환!"

"가고일 소환!"

흑마법사들이 일제히 가고일을 소환했다. 마계의 소환수인 탓에 힘들게 모은 사기를 그 대가로 바쳐야 했지만 강력하게 생긴 가고일들이 속속 역오망성에서 뛰쳐나오며 소환자들에게 꾸벅 인사했다.

"모두 가고일에 타라. 공중에서 적들을 도륙한다!"

"명!"

흑마법사들은 카이만의 명령에 따라 일제히 가고일에 올

라탔다. 4미터에 달하는 가고일들은 우락부락한 근육을 소유한 놈들로 날개를 활짝 편 채 소환자들을 등에 태운 후 공중으로 날아올랐다.

"가자!"

카이만은 이번엔 반드시 이안을 죽이고 말겠다는 일념으로 가고일을 타고 원기 가득한 눈빛을 흩뿌렸다. 가고일을 타고 날아가며 강력한 한 방을 준비하는 그는 점점 라피드가 다가오자 독한 살기가 실린 흑마법을 펼쳤다.

"콜 데스사이드!"

후웅! 샤아아아아!

카이만이 시전한 흑마법이 지독한 사기를 뿜어내며 완성됐다. 역오망성에서 솟아난 그림리퍼가 사악한 괴성을 지르며 거대한 낫을 휘둘렀다. 그러자 허깨비 꺼지듯이 사라진 그림리퍼의 영체가 공간을 이동하여 이안이 탑승하고 있는 라피드의 머리 위에서 나타났다.

—끼아아아악!

놈은 살기등등한 괴성을 지르며 거대한 낫으로 라피드의 머리를 노리고 추수를 하듯이 베어갔다.

"어림없는 수작!"

이안은 라피드를 공격하는 그림리퍼의 공격에 바닥을 구르듯이 움직이며 피해냈다. 그리고 계속해서 짓쳐들어오는 그림리퍼를 향해 역공을 펼쳤다.

슈앙! 파츠츠츠츠측!

오러를 일으켜 그대로 쏘아내자 그림리퍼는 피하지 못하고 오러 뷰렛에 적중됐다. 막대한 사기와 흑마력으로 만들어진 그림리퍼의 영체와 충돌한 오러 뷰렛이 강한 저항에 직면했다. 조금씩 오러 뷰렛이 흩어져 나갔지만 그와 비례하여 그림리퍼의 영체도 빠르게 소멸되어 갔다.

—끼아아아아!

괴성을 토해내며 완전하게 소멸된 그림리퍼의 모습에 이안은 겨우 라피드의 거체를 바로 하며 자신을 공격한 적을 찾았다.

'흑마법사들! 그놈이다!'

이안은 자신에게 죽었던 흑마법사를 떠올렸다. 그때 자폭 공격으로 마지막 발악을 했던 그자의 기운이 느껴지는 것에 이를 앙다물었다.

'이번에는 반드시 죽여주마!'

가고일을 타고 날아오고 있는 흑마법사들을 노려보던 이안은 적들을 공격할 수단을 찾았다. 오러 뷰렛을 날리는 것은 어려운 일이 아니지만 상당한 마나를 소모해야 한다는 단점이 있었다. 그러니 공중에 떠 있는 50개체 이상의 가고일을 상대로 하기에는 무리가 따랐다.

"이게 좋겠군."

자신의 손에 파괴된 젤러스들이 사용하던 기간틱 렌스들이 사방에 흩어져 있었다. 그리고 부서진 기체들을 뜯어낸다면 충분한 화력을 보여줄 것이었다.

"흐랏! 가랏!"

이안은 라피드로 반원을 그리듯이 움직여 힘을 배로 늘린 다음 기간틱 렌스를 공중으로 날렸다.

피릿! 슈아아아아아아앙!

강력한 굉음을 토해내며 날아가는 묵빛의 렌스가 허공에 하나의 선을 만들어내며 가고일을 향해 쏘아져 나갔다.

"피, 피해라!"

"으아아아! 안 돼!"

가고일들은 거침없이 날아가며 적들을 향해 음파 공격을 가했다. 찢어지는 듯한 굉음이 병사들의 귀를 그대로 흔들었고 정신력이 약한 자들은 그대로 기절하며 바닥에 쓰러졌다. 거침없이 제나인 자작군을 유린하던 그들은 검은 선이 밀려들자 비명을 지르며 사방으로 회피했다.

콰직! 콰드드드등!

오러가 실린 투척 공격에 그대로 짓이겨지며 가고일과 흑마법사가 가루가 되어 흩어졌다.

"피하지 마라! 놈에게 마법을 집중해!"

"다크 라이트닝!"

"다크 파이어 렌스!"

흑마법사들은 카이만의 명령에 독하게 마음먹고 이안의 라피드에게 마법력을 집중시켰다. 수십 줄기의 흑마력이 실린 마법들이 라피드를 향해 몰려들었다.

'저클래스의 마법은 맞아주마!'

이안은 흑마법사들이 날리는 마법들이 그리 강하지 않다는 것을 알고 어느 정도의 손해를 감수하기로 했다. 그대로 마법을 얻어맞아 가며 렌스를 공중으로 날렸다.

―크아아아아!

―키에에에엑!

흑마법사들과 가고일이 내지르는 비명이 허공을 가르며 지상으로 이어졌다. 하나씩 격추시키는 이안의 투척 공격에 공중에서 반격하는 흑마법사들의 숫자가 줄어들었다.

'이런… 조금만 더 있었으면 좋았을 것을……'

렌스는 이미 바닥이 났고 던질 만한 것은 모두 집어 던져서 가고일을 잡은 상태였다. 그럼에도 30여 마리의 가고일이 공중을 선회하며 마법 공격을 가하고 있는 상황이었다.

"놈의 무기가 떨어졌다. 총공격!"

"다크 캐논!"

"죽어랏!"

혹마법사들은 이안의 공격이 뜸해지자 기가 살아서 혹마법 공격을 퍼붓기 시작했다. 거침없이 쏟아지는 공격에 이안은 라피드를 움직여 그 공격을 피하느라 바빴다.

'이대로는 안 되겠다. 으득!'

이안은 이를 갈아붙이며 라피드에서 역소환하여 바깥으로 빠져나왔다.

"역소환!"

―탑승을 해제합니다.

라피드는 이안을 바로 역소환시키며 운행을 정지했다. 그러는 사이 몇 방의 마법을 고스란히 얻어맞았지만 굳건하게 버텨내며 아공간으로 다시 들어갔다.

"공중전을 하고 싶다면 그렇게 해야지. 비행 원반 소환!"

후웅! 슈아아아아앙!

비행 원반이 나오자마자 그대로 뛰어오른 이안은 공중으로 빠르게 솟구쳐 올라갔다. 공중에서 선회하는 가고일을 상대하는 것이니 공중에서 싸우는 것이 더 유리하다는 판단을 한 것이었다.

"놈을 잡아라! 다크 파이어 스톰!"

후웅! 휘류류류류룽!

엄청난 혹마력이 지옥의 불을 일으키며 거대한 회오리를 만들어냈다. 날아오르는 이안을 휩쓸어가는 그 공격에 다른 흑마법사들마저 가세하여 공세를 더욱 격하게 키웠다.

파앙!

화염의 소용돌이를 뚫고 나온 푸른 구체가 빠르게 공중으로 솟구쳐 올랐다.

"놈이 탈출한다. 잡아!"

카이만은 가고일을 조종하여 급히 이안의 뒤를 추격했다. 다른 가고일들도 공중으로 빠르게 솟구치며 일직선으로 이안의 뒤를 쫓았다.

'하마터면 뚫릴 뻔했다. 휘유!'

이안은 7클래스의 방어 마법으로 간신히 적들의 마법 공격을 막아낼 수 있었다. 세 개의 배리어를 겹쳐 겨우 하나의 방어 마법만이 간당간당하게 남은 상황이었다.

'쫓아온다는 건가? 나쁘지 않군.'

가고일이 비행을 담당하고 흑마법사들은 공격만 하면 되는 것이라 그쪽이 더 유리할 것 같았다. 그러나 실상은 완전히 달랐는데, 가고일이 마음대로 움직이는 탓에 마법을 캐스팅하는 것도 버거웠기 때문이었다. 차라리 정신력은 분산되더라도 완전히 자신의 의지대로 움직이는 것이 훨씬 더 정확하고 깔끔한 움직임이 가능했다.

'역으로 치고 나간다. 선회!'

이안은 공중에서 빠르게 반전하며 그대로 지상을 향해 떨어져 내렸다.

"헉! 놈이 내려온다. 공격!"

카이만은 이안의 반전에 이은 무시무시한 돌진에 급히 마법을 날렸다. 급히 날리느라 위력이 반감된 그 공격에 이안은 마법이 아닌 검을 뽑아 들고 맞섰다.

"뚫어주마! 흐랏!"

후웅! 슈아아아아앙!

검에서 뿜어져 나온 오러가 그대로 검의 형상을 유지한 채 쏘아졌다. 지상으로 떨어져 내리는 힘까지 동반된 그 공격은 그대로 카이만의 마법을 뚫어버렸다.

"헉! 블링크!"

카이만은 자신의 마법을 그대로 부수며 떨어져 내리는 오러 뷰렛에 블링크 마법을 시전했다. 가고일의 굼뜬 움직임으로 그것을 피할 수 없음을 직감한 것이었다.

콰직! 퍼엉!

─키아아아악!

주인이 도망가고 난 후 덮쳐온 오러 뷰렛을 피하지 못한 가고일이 그대로 폭죽이 터지듯이 터져 나갔다.

"으으! 흩어져라! 흩어져!"

카이만이 사라지자 그다음 선임 마법사가 흩어지라는 명령을 내리며 가고일을 움직였다. 소환수를 마음대로 조종하며 마법을 사용하는 것이 힘들었기에 비행에 전념하는 모습들이었다.

"달려들어라! 가고일의 전투력을 이용해!"

멀리 도망갔던 카이만이 또 다른 가고일을 소환하여 등장했다. 그는 가고일의 전투력을 이용하여 싸우라는 지시를 내렸다. 마법보다는 가고일의 비행 능력을 이용하여 이안을 상대하려는 것이었다.

"마법은 견제용으로만 쓴다. 놈이 탄 비행체를 노려!"

"명!"

흑마법사들은 카이만의 명령에 비행 원반만 부수고 보자는 식으로 달려들었다.

'그럼 나는 더 좋지.'

가고일들이 공중을 비행하며 접근 공격으로 전환했다. 그리고 마법사들이 저클래스의 마법으로 견제를 하며 어떻게든 이안이 타고 있는 비행 원반을 부수기 위해 사력을 다했다.

쎄에에에엑! 슈슈슈슈슝!

가고일이 전속력으로 날아들며 날카로운 발톱을 휘둘렀다. 전후좌우 그리고 위와 아래에서 달려드는 것이라 마법만 상대하면 되던 때와는 또 다른 위험이 존재하는 싸움이었다.

'공간을 제어하면 그만!'

이안은 공간 지배력을 끌어 올렸다. 자신의 주위로 생성되는 공간 지배력을 더욱 넓고 촘촘하게 펼쳤다.

'왼쪽! 다음 아래!'

이안은 가고일들이 자신의 공간으로 들어오는 것을 바로바로 알아내서 검을 휘둘렀다.

쉬잇! 쉬쉿!

공간을 가르며 뻗어나가는 오러의 검이 공중에서 화려한 원을 그려냈다. 그때마다 검은 마기가 실린 피를 뿌리며 죽어나간 가고일들이 지상을 향해 추락해 내렸다.

"으으! 카이만 님!"

한 마법사가 카이만의 이름을 외치며 뒤를 쳐다봤다. 동료들이 속속 죽어나가는 것에 더 이상 버티지 못하고 퇴각을 명령하기를 바라는 것이었다.

"닥치고 공격해! 어서!"

카이만의 눈에 실린 독기에 마법사는 체념의 빛을 눈에 띠우며 고개를 돌렸다. 그리고 동귀어진의 수법을 펼치며 이안을 향해 가고일을 몰아갔다.

"같이 죽자! 크아아앗!"

마나를 폭주시켜 자폭 공격을 시도하는 흑마법사의 돌진에 이안은 오러 실드를 펼치며 그 공격을 막아냈다.

콰앙! 콰드드드득!

흑마력이 가득 실린 육체의 파편이 오러 실드를 두드리고 이안이 탄 비행 원반은 그 위력에 밀려 사정없이 뒤로 튕겨 나갔다.

"흐흐흐! 이제 네놈을 죽일 수 있겠구나. 크크크!"

카이만은 부하들이 모두 죽음을 맞이하자 광기 어린 웃음을 터뜨렸다. 그리고 공중에 기이한 수식을 흑마력으로 그려 넣으며 이상한 주문을 외웠다. 진득한 사기가 묻어나오는 그 주문이 완성되자 지상으로부터 검은 영혼들이 솟구쳐 올라 역오망성으로 빨려들어 갔다.

"이번에는 네놈도 어쩔 수 없을 것이다. 크카카카카!"

검은 영혼들이 빨려들어 가자 역오망성의 크기가 기하급수적으로 커졌다. 그리고 그 사이를 뚫고 거대한 생명체가 모습을 드러냈다.

"헐… 마족?"

이안은 마족의 형상을 하고 있는 생명체를 보며 어이가 없었다. 부하들을 모두 죽음으로 몰아넣고 그 생명과 영혼을 대가로 마족을 불러낸 카이만의 행태에 어이가 없어진 것이었다.

2장

난 죽어선 안 되지

마족의 등장에 어이가 없어진 이안은 잠시 당황했지만 이내 정신을 차렸다. 마족을 상대로 싸움을 하는 것이라면 자신의 힘으로는 도저히 승산이 없다는 것을 떠올린 것이었다.

웅! 웅! 웅! 웅!

이안이 어떻게 상대를 할까 고민하는 차에 라피드가 잠들어 있는 팔찌에서 강한 진동이 일어났다. 마치 자신을 타고 싸우라 외치는 라피드의 외침과 같은 울림이었다.

'저놈이 완전히 깨어나기 전에 해결해야 한다. 아직은 시간이 있어!'

이안은 시간이 급박하다는 판단에 라피드를 소환하는 것을 배제하고 직접 달려들었다.

"마계로 돌아가라! 흐랏!"

쉬잇! 슈아아앙!

날카로운 기세로 빠져나오는 마족의 목을 오러가 실린 검으로 베어냈다. 몸이 채 절반도 나오지 않았으니 막는 것도 쉽지는 않을 것이라 생각했다.

카앙! 카가가강!

오러는 베지 못할 것이 없는 무적의 힘이었다. 그런 오러가 막히고 귀청을 찢을 듯한 소음이 연속으로 들려왔다.

"크윽!"

답답한 신음을 흘리며 뒤로 튕겨진 이안은 비행 원반에서 떨어지며 지상으로 추락하기 시작했다.

"이, 이리로!"

급히 비행 원반에 의념을 투사했지만 거리가 멀어져 가자 비행 원반은 공중에 그대로 멈춰 버렸다.

"빌어먹을… 페더폴!"

급히 마법을 사용하여 떨어지는 속도를 늦춘 이안은 연속으로 비행 마법을 펼치며 도로 공중으로 올라섰다.

─크크크! 참으로 대단한 환대로구나.

마기가 풀풀 풍기는 마족의 음성이 들렸다. 시선을 들자 이안은 완전히 빠져나온 놈의 모습을 볼 수 있었다. 4미터가 넘는 키에 우락부락한 근육, 그리고 박쥐의 날개와 비슷한 것을 등에 달고 공중에 떠 있는 마족의 모습이 보였다.

─나를 소환한 자가 너인가?

"그렇습니다. 마왕 이레알 님의 종 카이만이라고 합니다."

─이레알 님의 권속인가? 흐음…….

마족은 이레알이라는 마왕의 권속임을 밝히는 카이만을 비릿한 조소를 머금은 채 바라보았다. 그러나 피와 죽은 자들의 영혼을 대가로 소환됐으니 그의 소원을 들어줘야 할 의무가 있었다.

─소원을 말하라.

"저자를 죽여주십시오. 그리고 저 아래 싸우고 있는 적들의 멸절을 바랍니다."

카이만은 흑마법을 사용한 자신의 행동과 관련된 증인이 모두 사라지기를 바랐다. 그렇지 않으면 마탑의 제재를 받아 죽임을 당할 수 있으니 말이다.

─소원을 접수했다. 그럼!

카이만의 능력으로 소환된 마족은 중급 마족이었지만 그 능력치로 따지면 이안이 당해낼 수 없을 정도의 능력을 가진 존재였다. 단지 마계에서 소환되어 중간계로 왔을 경우 절반에 못 미치는 능력만 사용할 수 있다는 한계가 있었다.

—어디 한번 실력을 좀 볼까? 아까의 환대는 제법이었는데 말이야.

후웅! 파앗!

말이 끝남과 동시에 갑작스럽게 신형이 사라져 버렸다. 이안은 마족의 공격이 자신에게 향한다는 것만 알 뿐 그가 어디로 공격을 해올 것인지 짐작조차 할 수 없었다.

'왼쪽!'

이안은 자신이 만들어놓은 공간의 지배력을 통해 마족이 좌측에서 날아들고 있다는 것을 알았다.

"어림없는 수작!"

마법을 이용하여 공간 이동을 한 후 공격을 가하는 수법이었다. 처음 당해보는 것이지만 공간 지배력을 가동하고 있었기에 가까스로 막아낼 수는 있을 것 같았다.

카앙! 콰드드드등!

오러 소드로 공간 지배력이 일러주는 곳을 강하게 후려쳤다. 그러자 손아귀가 찢어질 정도의 강한 반발력과 함께 신형이 뒤로 격하게 밀려났다.

—호오! 그걸 막아낸다는 건가? 제법이군.

마족은 마법을 호흡하듯이 펼칠 수 있는 존재들이었다. 지금은 중간계에서 모습을 감춰 버린 드래곤을 제외한다면 그들처럼 마법을 사용할 수 있는 존재는 없었다.

─그럼 속도를 더 올려볼까나? 크크크크!

후웅! 스팟! 파파팟!

이안도 마법을 사용할 수 있는 마법사이기에 블링크 마법을 펼칠 줄 안다. 하지만 지금 마족이 선보이고 있는 공간 이동의 속도는 자신이 펼치는 블링크 마법은 마법도 아닌 것처럼 느껴질 정도였다.

'이건 뭐… 헐!'

이안은 당황스럽기 짝이 없는 마족의 마법 운용 능력에 경악을 금치 못했다. 마법을 수식으로 펼치는 인간 마법사들로서는 언령의 능력을 지닌 마족의 마법을 이해하기 어려웠던 것이다.

'마법을 저렇게 사용할 수 있나? 어떻게? 뭐가 다른 거지?'

이해가 안 되는 상황에 처하게 되자 그는 필사적으로 공격을 막으며 마족이 사용하는 마법을 살폈다. 캐스팅을 할 때 그것을 줄이기 위해 고안된 것이 메모라이즈라는 마법이었다. 미리 사용할 마법을 메모라이즈 마법이 허용하는 한도 내에서 몇 개 미리 장전을 해놓는 것이었다. 그 메모라이즈 마법을 사용하는 것도 아닌데 말하는 즉시 바로 공간 이동을 할 수 있다는 것은 신세계에 가까웠다.

'블링크… 블링크… 블링크… 다음 공격!'

마족이 사용하는 공격 패턴이 조금씩 눈에 익기 시작했다.

블링크 마법으로 시선을 완전히 따돌린 후에 사각지대에서 기습하듯이 공격을 가하는 방식이었다. 공간 지배력이 없었다면 그런 공격에 전혀 대비하지 못하고 일방적으로 당했을 것이 분명했다.

'정말 대단한 능력이다. 마법을 저렇게 사용할 수 있다니… 레이첼 님도 저렇게 마법을 펼칠 수 있었을까?'

9클래스의 경지를 개척했던 마지막 대마법사인 레이첼이라면 저런 능력을 가지고 있었을까 하는 생각이 들었다. 그러나 레이첼의 마법서에도 저런 능력에 대한 것은 기술되어 있지 않았던 것이 떠올랐다.

'아… 이것이 언령일까?'

언어의 힘이라는 것이 불현듯 떠올랐다. 신이 최초에 세계를 창조할 때 사용한 것은 말이었다는 것도 같이 떠올랐다. 마법사들은 언어에 담긴 힘을 믿기에 거짓말을 하지 않아야 한다고 배웠었다. 가장 기초적인 것이었기에 그것이 가지고 있는 의미를 무시하고 넘어갔었던 것을 이제야 깨달을 수 있었다.

'언령이라… 다시 한 번 심각한 고민을 해봐야겠군.'

언령에 대한 어렴풋한 깨달음을 뒤로한 채 이안은 다시 마족과의 전투에 집중했다. 점점 더 빨라지고 강력해진 공격에 사정없이 이리저리 튕겨지는 신세는 면해야 할 것이니 말이다.

─이것도 막아봐라!

마족은 이안이 자신의 공격을 어떻게든 막아내는 것에 점점 열이 받았다. 그 때문인지 점점 더 과격하고 위력이 강한 일격을 이안에게 퍼부었다.

'동작이 커진다. 공간 이동이 줄어드는 것이 다행이라고 해야 할까?'

워낙 빠르게 공간 이동으로 움직인 탓에 그 움직임을 따라잡을 수 없었다. 지상이라면 또 모르겠지만 비행 원반에 의존한 채 공중에서 싸우는 것이라 공간 이동에 맥을 못 추고 있었던 것이다.

'겨우 막는 것이 전부. 하지만 이렇게 동작이 커진다면 또 달라지지.'

막기에 급급했고 균형을 잡으며 공격을 가해올 때까지 방어 자세를 갖추는 것이 최선이었다. 그러나 이제는 빈틈을 노릴 수 있을 정도는 되겠다는 생각이었다.

'오른쪽… 위!'

공간 이동으로 세 번의 점프를 한 후 급습하는 패턴은 똑같았다. 다만 방향이 문제였는데, 이제는 점점 위력을 극대화할 수 있는 곳으로 방향이 한정되어 가는 중이었다.

'카운터를 먹인다!'

이안은 위에서 공간 이동으로 튀어나오며 그대로 내려치

는 마족의 공격에 필살의 각오를 다지며 반격에 나섰다.

"크앗!"

비행 원반에서 뛰어오르며 그대로 마지막 초식인 디스트로이어를 펼쳤다. 모든 힘을 모아 몇 배의 위력으로 증폭시켜서 적을 부수는 필살의 초식이 마족을 향해 펼쳐진 것이었다.

'부순다. 한 번에!'

모든 의지를 쏟아 검에 실었다. 의지가 커지는 만큼 오러도 급격히 세를 불리며 마족의 머리를 쪼개기 위해 밀려 나갔다.

콰앙! 카드드드득!

마족의 손에서 일어난 검은 기류가 검의 형상으로 만들어지고 이안의 오러 소드와 충돌했다. 그러고는 강력한 힘이 실린 이안의 검세를 그대로 힘으로 짓누르며 튕겨내 버렸다.

"크홋!"

비릿한 피 내음이 속에서 토해져 나왔다. 꾹 눌러 참으며 도로 삼킨 이안은 공중전으로는 도저히 승산이 없는 적이라 판단했다. 힘에서, 그리고 공중을 날 수 있는 능력 등에서 밀리는 상태임을 인정한 것이다.

'이대로 지상으로 내려간다.'

내려가는 즉시 라피드를 소환하여 전투를 치르는 것이 최선의 선택이라 판단했다. 마수와 결합되어 기간트 이상의 능력을 갖춘 라피드라면 마족을 상대로 싸울 수 있을 거라 생각

했다. 단지 공중에서 날아다니며 피할 경우는 답이 없겠지만
말이다.

'겁나게 무섭네. 흐미!'

지상으로 머리부터 추락하는 느낌은 그리 유쾌하지 않은
기분이었다. 그렇다고 속도를 줄일 수도 없었던 이유는 공간
이동으로 추격해 오며 자신을 노리고 있는 마족 때문이었다.

"라피드 소환!"

거리가 어느 정도 좁혀지자 급히 라피드를 지상으로 소환
했다. 아공간 팔찌에서 뿜어져 나온 빛이 지상으로 내려가고
그곳에 라피드가 모습을 드러냈다.

'무조건 돼야 하는데……'

떨어져 내리며 라피드에 탑승하는 것이 가능할지는 미지
수였다. 하지만 어차피 실패하면 최악의 경우까지 갈 것을 각
오하고 도박을 하는 것이었다.

"라피드, 탑승한다!"

의치를 담아 외치자 순식간에 소환 마법에 의해 라피드의
안으로 빨려들어 갔다.

'됐다!'

이안은 라피드에 탑승하게 되자 급히 라피드의 기동에 전
력을 다했다.

"라피드, 급하다. 마나 코어 온!"

―마스터의… 동화율 체크! 마나 코어 온!

시간이 급하다는 것을 느꼈는지 라피드는 급하게 동화율 체크를 넘어가고 바로 마나 코어를 일깨웠다.

―파노라마 사이트 개방합니다.

시야가 깨워지자 이안은 급히 라피드를 움직여 거검을 들어 방어 태세를 갖췄다. 어디에서 공격을 가해올지 알 수 없으니 서둘러 움직였다.

콰앙! 콰지직!

―적의 공격입니다. 외부 장갑 손상!

등 쪽에서 느껴지는 묵직한 타격에 이안은 등 뒤로 마족의 공격이 가해졌음을 알 수 있었다.

'공간 지배력을 펼쳐야 한다.'

이안은 라피드를 통해 공간 지배력을 펼쳤다. 자신만의 공간을 만들어내며 그 안의 움직임을 초감각적으로 알아내고 자신이 유리한 방향으로 유도해 내는 마스터만의 권능이었다.

"급속 기동!"

이안은 마족의 움직임을 잡아내는 것도 중요했지만 순간적인 스피드를 내야만 놈을 잡을 수 있었기에 급속 기동으로 라피드의 움직임을 올리려 했다.

쉬잇! 콰앙!

"큭… 빌어먹을……."

라피드의 움직임이 아무리 민첩해도 마족의 움직임을 따라잡는 것은 무리였다. 그 덕분에 또다시 등판에 일격을 당하고 휘청거리는 라피드를 바로잡아야 했다.

'라피드를 타고 잡는 것도 무리라는 건가? 이런……'

어떻게 해야 마족을 잡을 수 있을지 필사적으로 머리를 굴렸다. 딱히 이렇다 할 방법이 떠오르지 않는 것에 대한 분노가 치밀어 올랐다. 이렇게 무기력하게 당하기만 하는 것은 또 처음이라 그런 것인지도 몰랐다.

쾅아앙! 쾅쾅!

계속되는 마족의 공격에 라피드의 외피가 심각하게 파손되어 갔다. 방향을 틀어 거검을 휘두르며 반격을 해보았지만 그럴 때마다 공간 이동으로 빠져나가는 마족의 움직임을 따라잡을 수는 없었다.

"으득… 빌어먹을!"

분함이 머리끝까지 치밀어 오른 이안은 라피드를 역소환하고 맨몸으로 마족과 상대하는 것이 최선이겠다는 판단을 내렸다. 라피드로는 마족의 움직임을 따라잡지 못한다는 결론을 낸 것이다. 지상이라면 공중과는 다른 싸움을 할 수 있을 거라는 막연한 기대감에 모든 것을 걸어야 할 판이었다.

─정체불명의 힘이 마나 코어로 흘러듭니다.

라피드의 에고가 다급하게 보고했다. 정체불명의 힘이 마나 코어로 파고든다는 그 말에 이안은 정신이 번쩍 들었다. 마족의 힘이 라피드까지 집어삼키려고 하는 것은 아닌가 하는 것이었다.

"막아! 마나 코어를 지켜야 한다."

이안은 라피드를 잠식당하는 것을 막아야 한다는 일념으로 일갈했다. 그러나 라피드의 에고는 그런 명령에 전혀 다른 보고를 하기 시작했다.

—마나 코어의 힘이 올라갑니다. 강력한 힘이 마나 코어와 합류하여 상승작용을 일으킵니다.

"뭐? 상승작용?"

마나 코어가 지닌 기본 베이스는 쥘베른의 마나 코어였다. 그것이 마수와 결합되며 이상하게 변형되었지만 그 원리도 파악하지 못한 채 그냥 쓰고 있는 상황이었다. 그런데 그런 마나 코어의 능력치가 이상한 힘의 합류로 상승하고 있다는 소리에 정신이 멍해졌다.

콰앙! 콰쾅!

계속해서 두들기는 마족의 공격을 그대로 받아내며 라피드는 묵묵히 힘의 상승을 즐기는 듯했다.

'몸체에 가해지는 충격이 줄어든다? 마족의 공격이 약해진 것은 아닐 것이고.'

분명 마족의 공격은 계속해서 라피드의 몸체에 가해지고 있었다. 그런데 안에서 느껴지는 충격은 계속해서 줄어들고 있었다. 그리고 외피의 손상도 빠르게 복구되어 간다는 것을 느낄 수 있었고 말이다.

'설마! 그 보석이?'

라피드와 합체한 마수의 이마에 박혀 있던 그 보석이 떠올랐다. 어떤 힘을 가지고 있는지도 알 수 없었던 그 보석은 마수가 지녔던 힘의 근원이었다. 그것의 힘이 마나 코어로 보내진 거라면 마수의 권능도 함께 전해진 것이 아닐까 하는 합리적인 의심이 들었다.

'한번 해보자. 업그레이드된 라피드라면!'

이안은 강력한 힘이 느껴지는 라피드를 다시 움직이며 마족과의 일전을 다시 재개해 나갔다.

"급속 기동!"

후웅! 파파파파팟!

이전의 라피드와는 비교도 할 수 없는 움직임이었다. 속도가 배는 더 증가한 듯한 느낌에 심장이 쿵쾅거리며 뛰어놀았다.

'이 정도라면 라피드로 고위 마법도 사용할 수 있지 않을까?'

지금까지 기간트로 마법을 사용하는 것은 거의 쓸모없는 것 정도로 치부되고 있었다. 마나의 전달이 효율적으로 이루어지지 않는 탓에 고위 마법은 펼칠 수도 없었다. 저클래스의 마법은 상대 기간트의 대마법 방어진 때문에 마나만 날리는 결과였다.

'실험을 해보자.'

외피의 방어력도 월등히 올라간 것을 알았으니 여유를 갖고 마법을 펼칠 준비를 갖췄다.

"어디로 올 거냐… 어디로… 지금이다! 콜 라이트닝!"

후웅! 파츄츄츄츄츄!

이안은 공간 이동으로 계속해서 시선을 돌리며 공격하는 수법을 고수하는 마족에게 번개 마법을 시전했다. 다른 마법보다 마수가 지녔던 특성이 번개인 것을 감안하여 펼친 것이었다.

'헉! 이, 이건 뭐…….'

엄청난 위력을 선보이며 하늘에서 번개가 목표물을 향해 직격했다. 마나가 뭉텅이로 빠져나가는 것을 경험한 이안은 마나의 효율이 엄청나게 올라갔다는 것을 실감할 수 있었다.

―크아아아악!

비명을 지르며 부들부들 떠는 마족의 모습이 파노라마 사이트를 통해 이안에게 전해졌다. 5클래스의 마법에 불과한 콜 라이트닝이었지만 7클래스 이상의 위력이 실려 있었다. 마수의 권능이 더해져서 나온 그 결과에 이안은 온몸이 희열로 떨리는 것을 느꼈다.

"한 방 더 간다. 콜 라이트닝!"

후웅! 파츄츄츄츄!

마족이 스턴이라도 걸린 것처럼 움직이지 못하고 제자리에서 떨고 있을 때 공중에서 생성된 번개가 재차 지상으로 직격해 내려왔다.

—커억… 으갸갸갸갹!

하얀 연기가 모락모락 피어날 정도로 강력한 타격을 받은 마족의 무릎이 지면에 꿇려졌다.

'후우… 마나가 달리다니… 이건……'

단 두 방의 마법을 사용했을 뿐인데 마나서클에 가득했던 마나가 절반 이하로 떨어져 있었다. 권능을 이용하여 마법을 사용한다고 해도 그 기본적인 마나는 자신의 것을 사용해야 하기 때문이었다.

'번개에 스턴 효과가 있을 줄은 몰랐군. 하지만 마나의 소모가 너무 심해. 잘해야 세 방이 한계겠어.'

두 방의 공격이 끝나자 마족의 몸은 너덜너덜하다는 표현이 맞을 정도로 망가져 있었다. 이 정도라면 라피드의 기본적인 능력으로도 충분히 상대할 수 있을 것 같았다.

"전속 기동한다. 돌격!"

후웅! 파파파파파파팟!

미친 듯이 내달리는 라피드의 두 손에서 거대한 검이 황홀한 오러를 줄기줄기 피워내며 타오르고 있었다. 그리고 태산을 갈라 버릴 듯한 기세가 실린 검격을 선보이며 정신을 차리지 못하고 있는 마족을 향해 강력한 일격을 가했다.

ㅡ크윽… 또 당할까 보냐!

마족은 라피드의 돌진에 이은 검격이 머리를 향해 떨어져 내리자 겨우 정신을 차렸다. 급하게 영기로 만들어진 검을 흩뿌리며 라피드에 맞섰다.

"부숴주마! 흐압!"

일검에 모든 것을 담은 이안은 라피드와 하나가 되어 거검을 휘둘렀다. 오로지 거대한 검 하나만이 남아 마족이 휘두르는 영검과 격돌했다.

'벤다… 베고 말리라!'

이안의 의지가 모두 담긴 검은 그대로 영검을 쪼개며 들어갔다. 거칠게 반항하던 영검은 서서히 그 빛을 잃고 어둠의 기운마저 급격하게 소멸되어 갔다.

콰지지지직!

단단하게 솟아 있는 두 뿔 사이를 쪼개 들어간 거검에 의해 마족의 몸이 반으로 갈라졌다. 오러에도 버텨내던 단단한 몸체였지만 마수의 힘을 전부 흡수한 라피드의 힘이 그것을 이겨낸 것이었다.

쿠웅! 휘스스스슷!

진득한 소리를 내며 땅바닥으로 쓰러진 마족의 몸이 가루가 되어 흩어져 갔다. 지옥의 문이라도 열린 듯이 지면에서 생성된 어둠의 통로가 그 가루들을 모두 빨아들인 후 소용돌이치듯이 닫혀 버렸다.

"후우… 이겼다……."

간신히 이겼다는 표현이 옳은 승부였다. 마수의 권능이 라피드와 하나가 되지 않았다면 지금 목격한 그 모습은 마족이 아닌 자신의 것이 되었을 것이었다.

'운이 좋았다.'

단순히 운이 좋았다는 것 외에는 그 어떤 말도 떠오르지 않았다. 지금까지 하나가 되지 않았던 마수의 힘이 왜 이제 합쳐졌는지는 여전히 의문으로 남아 있었다. 추측을 하건대 마족의 공격에 소멸되기 싫어서 이제야 힘을 넘겨준 정도로 생각될 뿐이었다.

'마나는 거의 바닥이군.'

마나서클의 마나는 바닥을 드러냈다. 필요 이상의 힘을 쏟아 일격을 가했기에 1/3 정도 남아 있던 마나마저 빠져나간 탓이었다.

"아 참! 이럴 때가 아니지."

이안은 라피드를 움직여 이 사달을 만들어낸 존재를 찾았다. 마족과 자신이 싸우는 동안 학살을 자행하고 있을 카이만을 처리해야 했다.

'저기다!'

이안은 다섯 대의 기간트를 거의 부수고 있는 카이만을 노려보았다. 7클래스의 흑마법에 당한 기간트들은 거의 고철 수준으로 변한 채 마지막 발악을 하고 있는 중이었다.

'죽이지는 않으마… 네놈은 반드시 사로잡아야 하니까.'

카이만을 사로잡아야 크리스토퍼 대공과 다아크 공작이 저지른 일들을 완벽하게 뒤집을 수 있었다. 그는 반드시 증인이 되어 이단 심판관들의 앞에서 증언을 해야 했다.

"크하하하! 죽어라! 데스사이드!"

7클래스의 흑마법이 유감없이 펼쳐지고 역오망성에서 튀어나온 그림리퍼가 거대한 죽음의 낫을 휘둘렀다. 마법을 막는 방어 마법진이 새겨진 기간트라지만 한도 이상의 마법에는 속수무책으로 당할 수밖에 없었다.

샤아아악! 츠츠츠측!

그림리퍼의 거대한 낫이 가르고 지나가자 기간트의 마력 회로가 파괴되며 마나의 폭주가 일어나기 시작했다. 그리고 서서히 갈라지기 시작한 기간트의 본체는 금세 흉물스러운 모습으로 일그러졌다.

—타, 탈출한다! 으아아아!

기간트 라이더는 탈출하려 했지만 이미 마력 회로의 폭주로 탈출이 불가능해진 상황에 직면하고 말았다. 그리고 기간트가 폭발하며 처참한 죽음을 맞이하고 말았다.

"적의 기간트가 모두 처리되었다. 힘을 내서 적들을 섬멸하라!"

"추웅!"

카이만이 공중에 둥실 뜬 채 사기가 가득한 음성을 터뜨렸다. 그 음성을 들은 다아크 공작군은 기세가 등등해져서 거칠게 연합군을 몰아쳤다.

쿠쿠쿠쿠쿠쿠쿠쿵!

모든 기간트가 파괴되어 고철덩어리가 된 마당에 갑작스럽게 강렬한 진동음이 울리자 카이만이 시선을 돌렸다.

"헉… 어, 어떻게……."

카이만은 마족에 의해서 이안이 죽을 것이라 확신했었다. 아무리 뛰어난 능력을 가진 자라고 해도 중급 마족을 상대로 이겨낼 수 없을 거라 믿은 것이었다.

"으으… 어, 어떻게 한다?"

카이만은 중급 마족조차 역소환시키고 자신이 있는 곳으

로 달려오고 있는 라피드를 보며 머리가 하얗게 변하는 느낌이었다. 이안과 연합군 병력을 모두 제거하지 못한다면 자신은 흑마탑에 의해서 추살될 판이었다.

"제길… 일단 살고 봐야지."

카이만은 도주를 선택했다. 자신의 마법 실력으로 상대를 해보려 해도 상대 역시 7클래스의 마법을 사용할 수 있는 마법사이자 극강의 검사였다. 상대가 안 된다는 것은 이미 겪어보지 않았던가.

"블링크!"

도주를 위해서 짧은 거리를 이동하는 블링크부터 시전했다. 라피드의 돌진 속도가 워낙 빠른 탓에 장거리 이동 주문은 캐스팅하다가 당할 판이었다.

"어림없는 수작! 캔슬!"

라피드를 타고 달려오며 이안은 카이만만을 노렸다. 그러다 그가 블링크 마법을 시전하는 것을 보자 즉시 캔슬 마법을 펼쳤다.

"이, 이런… 블링크!"

공간 이동이 시작될 찰나 마법이 차단되어 버렸고, 카이만은 도로 원래의 자리로 돌아와 버렸다. 그러자 그는 재차 블링크를 시전했고 공간 이동이 되기만을 필사적으로 바랐다.

"제, 제길!"

연달아 마법이 캔슬되고 이제 라피드의 거검이 자신을 향해 날아드는 것이 보였다. 이대로 당할 수는 없다는 판단에 카이만은 독기를 품은 채 공격 마법으로 전환했다.

"죽어라, 데스사이드!"

후웅! 샤아아아아!

죽음의 마나가 마법진을 이루고 거대한 그림리퍼가 역오망성에서 튀어나오며 라피드의 거체를 노린 채 그림사이드를 휘둘렀다. 사기가 가득 실린 그 공격에 이안은 라피드를 움직여 더욱 빠르게 치고 나갔다.

쉬잇! 콰쾅!

마법진 자체를 베어버리는 거대한 오러의 검이 그림리퍼를 소멸시켜 버리자 카이만은 눈을 부릅떴다. 이전에 자신이 상대했을 때는 저렇게 간단하게 데스사이드 주문을 파훼하지 못했었기 때문이었다. 물론 그때는 라피드를 타고 있지 않았지만 말이다.

"죽음의 불길이여… 헬플레임 블레스터!"

카이만은 자신이 펼칠 수 있는 가장 강력한 주문을 캐스팅하여 라피드가 공격을 가하기 직전에 완성했다. 거대한 지옥의 불길이 요동치며 라피드를 향해 쏟아져 나왔다.

"마법 방어진도 소용없지. 불타올라라!"

마지막 마나까지 모두 퍼부어서 펼친 마법 주문이 완성되고 거대한 불길이 강물처럼 라피드를 덮치는 것에 카이만은 득의의 미소를 지었다. 아무리 기간트라고 해도, 강철도 그대로 녹여 버리는 저 지옥의 불길 속에서는 빠져나오지 못할 거라는 확신에 찬 미소였다.

쏴아아아아!

불길이 타오르는 소리가 아닌 기이한 소성이 점점 커져갔다. 마치 불길을 잠재우는 듯한 그 소성에 카이만의 얼굴에서 미소가 사라졌다.

"뭐, 뭐지?"

촤악! 파츄츄츄!

영원히 꺼지지 않을 것 같던 불길이 갈라지고 그 사이로 푸른 뇌전이 기세를 올렸다. 불길함을 느낀 카이만은 급히 자신의 남은 흑마력을 모두 끌어모아 방어 마법을 펼쳤다. 뭔지 모르지만 이대로는 죽을 것이라는 본능의 호소에 따른 것이었다.

"으으… 크아아아악!"

거대한 푸른 뇌전이 그대로 불길을 뚫고 날아들었다. 자신이 펼친 방어 마법을 그대로 짓이기며 뚫고 들어오는 것에 자신도 모르게 비명을 내질렀다.

"끄륵… 사, 살려… 줘……."

카이만은 온몸의 세포가 모두 번개에 지져지는 충격을 고스란히 느끼며 쓰러졌다. 버틸 수 있는 힘은 물론이고 온몸의 힘이란 힘이 모두 빠져나가 버렸다. 수백 배는 더 무거워진 몸무게에 절로 무릎이 꺾였고 검게 타버린 땅바닥이 머리를 강타했다.

"으으……."

눈이 절로 감기고 지난 삶이 주마등처럼 스쳐 지나갔다. 이것이 죽음이라는 것을 느꼈지만 이미 정신을 유지하던 마지막 정신력마저 꺼져가고 있었다.

"네놈은 죽어서는 안 된다. 힐링! 힐링!"

라피드에서 뛰어내린 이안은 죽어가는 카이만을 향해 힐링 마법을 퍼부었다. 신관의 신성 마법에 비할 바는 아니지만 7클래스에 오른 그가 펼치는 힐링 마법은 어지간한 사제들에 필적하는 것이었다.

"끄륵… 네, 네놈……."

카이만은 꺼져가던 시야가 다시 살아나고 자신에게 힐링 마법을 퍼붓고 있는 이안을 볼 수 있었다. 분노가 되살아난 그는 원독에 찬 눈으로 이안에게 손가락질을 했다. 부들부들 떨리는 손으로 이안을 가리키며 뭐라도 날리려고 했지만 이미 모든 흑마력은 사라지고 없었다. 대신 그는 가슴의 마나서클이 터져 나갈 것 같은 고통을 느껴야 했다.

"홋! 살아났군. 네놈은 절대 죽어서는 안 되지. 내 허락 없이는 말이야."

이안은 되살아난 카이만을 향해 손을 뻗었다. 가벼운 기가 실린 그의 손이 카이만의 전신을 두들기고 마나로드를 금제해 버렸다. 그의 기운을 해소하지 못하는 한 카이만은 마법을 사용하지 못할 것이었다.

3장

평민이라서, 불만인가?

카이만이 쓰러지자 전황은 도로 연합군의 승리로 확 기울었다. 다시 라피드에 오른 이안이 다아크 공작군의 중앙을 치고 들어가며 학살을 가한 것이 주요했다.

"항복하라! 항복하면 목숨을 살려준다!"

이안이 라피드를 타고 학살을 자행하며 외치는 음성이 마나를 타고 사방으로 퍼져 나갔다. 연합군보다 병력상의 우위를 가지고 있는 다아크 공작군이라지만 라피드를 잡을 방법이 모두 소멸된 이상 학살을 당하는 입장일 뿐이었다.

"자, 자작님! 이대로는 전멸입니다."

"나도 안다, 안다고!"

칼로이 자작은 이안의 라피드에 의해서 병사들이 학살당하는 것에 치를 떨었다. 기간트가 없는 이상 라피드를 막을 방법이 없었고 카이만을 비롯한 마법 전력도 모두 상실한 상황이었다.

"퇴각한다. 전력으로 퇴각하라!"

"명!"

칼로이 자작은 남은 병력만이라도 살리기 위해 퇴각을 결정했다. 아직 절반이 넘는 병력이 살아 있으니 어떻게든 살아서 돌아갈 수는 있을 것이었다.

"퇴각하라! 북쪽을 뚫는다!"

"퇴각! 퇴각이다!"

병사들도 라피드에 의해 학살을 당하는 상황에서 사기가 모두 꺾였다. 퇴각 명령이 떨어지자 다들 뒤도 돌아보지 않고 명령이 떨어진 북쪽을 향해 달려갔다.

"적들이 온다! 모두 죽을 각오로 막아라! 막아!"

제나인 자작은 자신들이 있는 곳으로 밀려오는 적들을 필사적으로 막았다. 그러나 병력의 수가 워낙 차이가 나는 탓에 제대로 막아낼 수는 없었다. 그리고 적들 역시 제나인 자작군을 죽이는 것이 목적이 아니라 치고 빠지는 것이 목적이었기에 순식간에 방어선이 뚫리고 말았다.

"적을 추격한다! 각 영지군은 적을 추격하라!"

이안의 부친인 레이너 남작이 우렁차게 외치며 추격을 명했다. 절반이 넘는 적들이 도주를 했으니 그 뒤를 쫓아가며 최대한 많은 적들을 섬멸하는 것이 최선이었다.

"우측은 우리 폴섬 남작군이다. 가자!"

"좌측은 힐먼 남작군이다!"

각기 추격할 방향을 외치며 영지군을 몰아가던 영주들은 신이 나서 말을 몰았다. 병력의 열세를 뒤집고 화끈하게 적을 섬멸하는 전투가 그들의 기세를 하늘 끝까지 올려놓은 것이었다.

"가자! 우리 레이너 가문이 중앙이다!"

비어홀트 남작은 자신의 아들이 마신처럼 생긴 기간트를 몰고 적들을 죽이는 것을 보며 용기백배했다. 비록 첫째 아들은 실패자로 남게 됐지만, 그 어떤 가문도 이제 레이너 가문을 실패자의 가문이라 칭하지 못할 것이라 믿었다.

"아버지! 잠시만!"

이안은 적들이 도주하자 더 이상의 추격을 멈추고 라피드에서 내렸다. 그리고 추격을 하려고 하는 부친의 앞으로 날아왔다.

"무슨 일이더냐?"

자신을 막아서는 아들의 행동에, 비어홀트 남작은 손을 들어 병력을 멈추게 하며 되물었다.

"저는 이만 가봐야 할 거 같습니다."

"응? 전투는 아직 끝나지 않았다만."

"하아… 사정이 있습니다. 어차피 적들은 사기가 꺾여서 퇴각하는 상황이니 어려움은 없을 겁니다."

"으음… 하긴 그건 그렇다만."

이제 병력의 수는 비등비등해졌다. 그러나 사기가 꺾이고 도주하는 적들이니 섬멸하지는 못해도 지지는 않을 것이었다.

"적들을 쫓는 것에 주력하시고 깊게 추격하지는 마세요. 자칫 역공을 당할 수도 있습니다."

퇴각을 하는 적들이라고 해도 마지막까지 몰아세우면 반격을 할 수도 있었다. 어차피 죽는 거라면 이판사판이라는 생각에 동귀어진을 하자고 나올 수도 있으니 말이다.

"알았다. 조심해서 가거라. 알겠느냐?"

"걱정하지 마세요. 그리고 조만간 체이스 제국의 원군이 도착하면 대대적인 반격을 가할 겁니다. 그때 연락을 드릴 테니 연합군을 정비해서 왕성으로 오세요."

왕성을 공격할 때가 되면 부친과 영주 연합군도 합류시킬 생각이었다. 부친의 작위는 아직 남작이었고 왕성을 탈환하는 것에 공을 세운다면 지금 차지하고 있는 영지의 크기로 보아 백작까지 다시 올라갈 수 있을 것이었다. 가문의 앞날을 위해서라도 부친이 높은 작위로 올라가는 편이 나았다.

"그렇게 하마. 나중에 보자꾸나! 가자!"

비어홀트 남작은 이안에게 작별 인사를 하며 다시 추격전에 나섰다. 모든 것을 부친에게 맡기고 떠나야 하는 이안은 마음이 살짝 안 좋았지만 가장 중요한 일이 기다리고 있으니 시간이 촉박했다. 1초라도 빨리 달려가야 하는 상황인 것이다.

─마스터! 이단 심판관의 정체를 알아냈어요.

"응? 신성교국에서 왔으면 추기경이나 뭐 그런 사람 아니었어?"

추기경이 아니라면 정체를 알아냈다고 할 이유까지는 없었다. 급하게 마법 통신을 넣어서까지 말하는 것을 보면 특별한 누군가가 이단 심판관이라는 추측이 가능했다.

─지금 교황은 주신인 로하스의 사도라는 칭호를 받은 사람이에요. 그건 알고 계시죠?

"그 정도는 교양이니까."

귀족이 받아야 하는 교양 수업에는 각국의 역사와 더불어 종교학이 들어간다. 6대 성신을 믿는 터라 6개 교단의 기본적인 교리 정도는 알고 있었다.

―주신인 로하스를 믿는 교황의 세력이 대지의 여신인 로아를 믿는 세력에 밀리고 있어요. 농민들이 대다수인 탓에 농사를 풍요롭게 해주는 대지의 여신을 많이 믿거든요.

"흐음… 그건 나도 알고 있다. 그런데?"

―로하스의 교단에는 성녀가 없어요. 근 100년째 성녀가 탄생하지 않았거든요. 덕분에 로아의 교단은 성녀가 나서서 더욱 세를 불리고 있죠.

이안은 샐리의 말을 들으며 성녀가 어떤 상황인지 대강 짐작할 수 있었다. 로하스 교단이 로크 제국과 짜고 로아 교단의 성녀를 일부러 죽이려고 하고 있다는 말이었다. 하긴 로하스 교단의 타락은 어제오늘의 이야기가 아니었으니 그럴 만도 하다는 생각이 들었다.

"로하스의 교단에서 강력하게 주장하여 대지 여신인 로아의 성녀가 이단 심판관으로 나섰다는 소리로군. 로크 제국과는 물밑 교섭을 통해서 성녀를 제거할 생각이고 말이야."

―그것까지 알 수는 없어요. 다만 로아의 성녀가 죽는다면 가장 교세가 큰 교단이니 온 대륙이 들고 일어날 거라는 거죠.

"흐음… 이해했다. 정보 고마워."

―아니에요, 그런데 마법 통신이 약간 원활하지 않네요?

"아! 지금 비공정을 타고 이동하는 중이라서 말이야."

비공정을 타고 이동한다는 말에 샐리는 이안이 가문의 위기를 해결하고 성녀가 이동하고 있는 곳에 가고 있음을 짐작했다.

　―그럼 바로 가시는 건가요?

　"아무래도 그렇지."

　―그럼 로크 제국의 서부 관문인 베링거 백작령으로 가세요. 변경백인 그가 모든 일을 진행할 거예요.

　"알았다. 해결하고 연락하도록 하지."

　―건투를 빌어요. 마스터!

　"그래, 다음에 보자고."

　이안은 샐리와의 마법 통신을 끊고 수정구를 갈무리했다. 이제 몇 시간 후면 락토르 왕국의 동부 관문인 라비도프 요새에 도착할 것이었다. 이미 그곳은 로크 제국군에 의해서 점령당한 상태라 엄청난 주의를 요했다.

　"마스터! 아래에 군대가 이동하고 있습니다."

　"군대가?"

　이안은 동부의 상황을 무정부 상태 정도로 알고 있었다. 락토르군은 사라진 상태였고 국경을 넘은 크리스토퍼 대공의 군대는 모두 왕성으로 향했기 때문이었다. 귀족들도 헥토르 후작의 사건으로 비어 버린 상황이라 무주공산이라는 말이 딱 맞는 상황이었다.

"인비지빌리티!"

이안은 급하게 조종관에 손을 올리며 비공정을 투명화시켰다. 10분 정도 유지되는 것이지만 그 정도만 해도 충분히 적들의 눈을 피할 수 있을 것이었다.

'어디의 군대냐⋯⋯.'

이안은 개미 새끼 정도의 크기로 보이는 군인들의 이동을 눈여겨 살폈다. 병력은 그리 많지 않지만 족히 천여 명은 됨 직한 숫자였다. 그리고 전원이 말을 타고 이동하고 있었는데 기사급이나 입을 수 있는 갑옷들을 착용하고 있었다.

'기사들이라⋯ 그것도 천여 명에 달하는 기사 전력이 라⋯⋯.'

기사들은 기간트의 등장으로 위상이 많이 추락한 상태였다. 몇 명 되지 않는 마스터들이나 초인으로 대접받지 기사들은 군대를 지휘하는 장교들 정도로 격하된 삶을 살아야 했다.

'역시 제국인가?'

기사가 아무리 푸대접을 받는 시대라고 해도 그 전력은 무시할 수 없는 것이었다. 그런 기사 전력을 천여 명이나 몰래 투입할 수 있다는 것은 제국의 힘이 어느 정도인지 느낄 수 있는 대목이었다.

"마스터, 어떻게 할까요?"

"음⋯ 누가 저들이 어디로 가는지 추격을 했으면 하는데.

가능하겠나?"

기사들이 특작대의 임무를 맡아 동북부를 휩쓸고 다닌다면 대번에 방어에 파탄이 일어날 것이었다. 만약 성녀와 관련된 일만 아니었다면 자신이 직접 저들을 따라다니며 격살하는 것이 최선이었다.

"제가 가겠습니다."

"부르카가? 어떤 임무를 띠고 움직이는 것인지 알아내면 바로 독립여단으로 연락을 해줘. 그리고 발각되면 무조건 도주하는 거 잊지 말고."

"우리 레오 일족의 전사는 은밀함으로 따지면 다크엘프들도 한 수 접어줍니다. 저들은 결코 저를 발견할 수 없을 겁니다."

자신감 넘치는 모습을 보인 부르카는 수인족 중에서 묘인족이었다. 묘인족 특유의 은밀한 이동과 기습을 장기로 하는 부르카였기에 이안도 마음을 놓을 수 있었다.

"조심! 또 조심하라고. 알겠나?"

"네, 마스터!"

이안은 비공정을 움직여 부르카를 내려주었다. 독립여단으로 돌아가게 훈련된 연락용 새인 듀프리를 가지고 내린 부르카는 순식간에 숲으로 사라지며 기사들을 추적하는 임무를 수행해 나갔다.

'경계가 삼엄하군.'

국경 관문인 라비도프 요새에 도착한 이안은 멀리서 요새의 상황을 관찰했다. 이미 로크 제국군에 점령된 라비도프 요새에는 거대한 로크 제국산 마동포가 설치되어 있었다. 요새 위쪽에 배치된 병력도 빼곡한 것을 보면 적어도 만 단위 이상의 병력이 주둔하고 있음을 알 수 있었다.

"주인! 사람이 너무 많다. 그래도 주인이 이긴다."

에일리는 다비도프 요새의 병력이 상당한 것에 살짝 흥분된 모습을 보였다. 이미 여기로 오면서 저들이 적이라는 것을 들은 상황이라 전투에 대한 욕구가 발동한 것이었다.

"여기는 그냥 지나쳐야겠다. 마동포까지 설치했을 줄이야. 큭!"

요새에 배치되어 있는 마동포의 수는 50여 문으로 기간트가 접근한다면 10여 대는 일격에 파괴할 수 있었다. 안 그래도 성벽이 20미터에 달하는 거대 요새에 마동포까지 더해지니 철옹성이라고 불러야 할 것이었다.

'역시 정찰의 중요성은 전쟁의 승패를 좌우할 정도로구나.'

지금도 요새의 상황을 파악하지 않고 왔더라면 마동포의 포격으로 엄청난 피해를 강요당했을 것이다. 그러나 이렇게 미리 마동포의 존재와 적군의 배치를 파악했으니 미리 준비하여 그런 위험을 배제할 수 있을 터였다.

"아웅! 그냥 가는 건가? 아쉽다."

에일리는 주인인 이안과 함께 적들을 화끈하게 공격하는 것을 꿈꿨다. 자신의 힘이 주인인 이안에 미치지 못한다고 할지라도 함께 싸우며 지키는 것이 자신의 임무이기 때문이었다. 그런데 매번 자신은 놔두고 돌아다니는 이안으로 인해, 그런 욕구는 점점 더 커져만 가고 있었다.

"가자!"

이안은 비공정을 조종하여 다시 날아올랐다. 목표는 요새를 지나쳐 로크 제국 국경 너머에 있는 베링거 백작령의 주도였다. 변경백인 베링거 백작은 서부군의 군단장을 역임하고 있는 자로 그 일대에만 10만에 달하는 병력이 몰려 있었다. 조심하고 또 조심해도 모자라지 않는 용담호혈 속으로 날아가는 것이었다.

'다행히 구름이 많아서 들키지는 않겠군.'

대낮의 비행이라 적들에게 들킬 염려가 많았지만 다행스럽게도 구름이 잔뜩 낀 날씨였다. 그것도 비가 올 모양인지 구름이 낮게 형성된 탓에 비공정을 들키지 않고 국경을 넘을 수 있었다.

'어디다 비공정을 댄다?

이안은 국경을 넘어 로크 제국으로 진입하면서 주변 경관이 완전히 바뀐 것을 볼 수 있었다. 산지가 많은 락토르의 자연경관과는 사뭇 다른, 끝도 없는 평지가 펼쳐진 것에 고개가 절로 저어졌다.

"산이 없어. 히잉……."

에일리는 평생을 산악 지대인 헬카이드에서 지냈었다. 그러니 산과 울창한 숲이 그녀가 생각하는 주거 환경이었다. 그런데 가도 가도 끝이 없는 평원 지대를 보니 뭔가 이상한 느낌이 드는 모양이었다.

"주인! 저기 숲이다, 숲!"

에일리는 지평선의 끝에 숲이 보이자 반색을 하며 기뻐했다. 그리 높지는 않지만 숲이 울창한 산지가 넓게 형성된 것을 본 이안은 비공정을 착륙시킬 장소로 적당하겠다고 판단했다. 다른 이들의 이목에서 최대한 벗어날 수 있는 장소로 숲만큼 좋은 곳이 없으니 말이다. 거기에 에일리를 비롯한 수인족들은 숲과 산악 지형에서 최고의 전투 능력을 발휘할 것이니 그것도 고려한 판단이었다.

"내려가자!"

이안은 비공정을 하강시켜 산지의 가장 깊숙한 곳에 안착했다. 울창한 숲이 우거진 탓에 비공정을 발견하기가 쉽지 않을 그런 곳이었다.

"에일리!"

"웅! 말해라, 주인."

"이곳에서 다른 가디언들과 함께 기다려. 나는 베링거 백작의 영지에 갔다 올 테니까."

"우웅! 나도 간다. 주인 따라간다!"

에일리는 주인인 이안을 따라가겠다며 고집을 피웠다. 자신의 옆에 있고 싶어 하는 에일리의 마음을 모르는 바는 아니지만 그녀는 너무 눈에 띄는 외모를 지니고 있었다. 그리고 아직 어린아이 정도의 지적 능력밖에 갖추지 못했기에 잠입하는 것은 무리였다.

"안 돼! 여기서 기다려. 알겠니?"

이안이 냉정하게 거부하자 에일리의 표정이 금세 시무룩해졌다. 그러나 주인인 이안이 그런 모습을 보일 때는 절대 안 된다는 것을 아는 까닭에 수긍하며 뒤로 물러섰다.

"다른 이들이 접근하지 못하게 비공정을 잘 지켜야 한다. 그게 제일 중요한 거야. 알았니?"

"우웅? 히히! 알았다, 주인!"

에일리는 비공정을 지키는 것이 가장 중요한 임무라는 말에 활짝 웃으며 반드시 해내겠다는 포즈를 취했다. 그녀의 머리를 쓰다듬어 준 후, 이안은 비공정을 떠나 베링거 백작령으로 내달렸다.

'성벽을 넘어야 하나? 흐음…'

베링거 백작령의 영주성에 도착한 이안은 입구부터 수백 명이 넘는 병력이 깔린 것에 발길을 멈춰야 했다. 들어가는 사람들의 신원을 일일이 확인하는 것은 물론이고 조금이라도 거동이 수상한 자는 바로 어디론가 끌려가는 모습이 눈에 들어왔다.

'이건 전쟁을 하는 것도 아니고… 대단하네.'

성벽 위에도 촘촘하다는 표현이 모자랄 정도로 병력이 깔려 있었다. 성벽을 넘는 것도 쉽지 않을 정도의 병력 배치에 황제라도 온 것은 아닐까 하는 착각이 들 지경이었다.

"비켜! 비키란 내 말 안 들리나! 앙?"

이안은 성문에서 일어난 소란에 더욱 집중해서 청각을 돋 웠다. 거리가 멀었지만 초인에 가까운 신체 능력 탓에 수월하게 원하는 소리들을 들을 수 있었다.

"2공자님! 오늘은 나가실 수 없습니다."

"뭐라? 네놈이 감히 내 앞을 막겠다는 것이냐! 오냐! 오늘 내 손에 한번 죽어봐라."

2공자라고 불린 사내는 20대 중반 정도의 외형을 지닌 체구가 꽤 커다란 사내였다. 외모는 준수했지만 눈꼬리가 사나웠고 표정 역시 빈정거리는 투가 박혀 있었다.

"공자님!"

성문을 지키는 기사는 2공자라는 자가 주먹을 휘두르자 살짝살짝 피하며 어떻게든 그를 만류하려 노력했다. 뒤를 바라보는 것이 누군가가 나오기를 기다리는 모습이었다.

"그만! 보내 드리도록."

"네, 단장님!"

"그리고 공자님도 그만하십시오. 보는 눈이 많습니다."

"크흠!"

일반 기사들과는 차이가 확연하게 나는 금빛 갑주를 걸친 중년인이 등장했다. 강인해 보이는 인상과 기도를 지닌 그의 등장에 주먹을 휘두르던 2공자도 동작을 멈췄다.

"흥! 운 좋은 줄 알아. 가자!"

중년인을 두려워하는 모습? 아니, 껄끄러워하는 모습을 내보이며 2공자는 뒤에 대기하고 있던 사내들에게 손짓했다. 10여 명의 일행들은 약간 껄렁해 보이는 자들이었는데 그들역시 중년인을 피해 서둘러 2공자를 따라 나섰다.

"쯧쯧! 어쩌다가 저런 망종이 나왔는지 원."

"그러게 말이야. 베링거 백작가의 수치야, 수치!"

병사들이 수군거리는 말들을 들으니 2공자라는 자가 상당한 망나니라는 것을 알 수 있었다. 이안은 2공자를 통해서 영주성 안으로 들어가는 방법이 최선이라 생각했다.

'저놈을 죽이고 위장을… 아니야… 그럼 발각될 위험이 너무 커.'

어떻게 해야 합법적으로 들어갈 수 있을지 고민하며 이안은 2공자라는 자들의 무리를 뒤따랐다.

'그런데 사냥을 하는 건가? 흐음……'

복장은 사냥을 위한 전형적인 모습이었다. 단지 사냥개를 거느리고 있지 않아서 사냥을 하러 가는 것인지 알 수 없었다.

'호오! 일행이 더 있었어?'

2공자 일행을 기다리고 있는 일단의 무리들이 있었다. 20여 명의 사람들로 전형적인 사냥꾼들의 복장을 한 이들이었다. 그들은 사냥개를 거느린 채 기다리고 있었다.

"오셨습니까, 공자님!"

"그래, 오늘은 확실하게 해야 한다. 알겠나!"

"물론입지요. 헤헤! 제가 확실하게 준비했습니다."

손바닥을 비비며 아부를 떠는 중늙은이의 얼굴에는 비굴함이 가득했다. 그러고는 뒤쪽으로 넌지시 눈길을 돌렸는데 그곳에는 바들바들 떨고 있는 두 명의 어린 소녀들이 사내들의 감시를 받으며 서 있었다.

"괜찮군. 가지."

"네, 제가 모시겠습니다."

중늙은이가 손짓하자 사냥꾼들은 앞장서서 이안이 비공정을 세워둔 산으로 향했다. 주변에 산이라고는 그곳이 유일했으니 사냥을 할 곳도 그곳 외에는 없었다.

'영주의 사냥을 위해 숲도 통제를 하는 판이니 저곳도 그런 곳일 테지.'

그래서 아무런 인기척도 발견할 수 없었던 것이었다. 영주의 사냥터에 일반 평민들은 접근할 수도 없었고, 만약 뭐라도 캐다 걸리는 날에는 목이 달아날 것이었다.

'그렇다면… 그게 좋겠어. 후후!'

이안은 싸늘한 조소를 머금은 채 2공자 일행을 우회하여 비공정이 있는 곳으로 달려갔다.

베링거 백작의 차남인 스탄은 포악하고 여색을 밝히는 성격 탓에 온갖 구설수에 올라 있었다. 그러나 그는 구설수를 싹 무시하는 철면피적인 마인드로, 오늘도 즐기기 위해 영주의 사냥터로 나온 상황이었다. 사냥을 하면서 차오를 살육에 대한 희열에, 어린 소녀들을 품으며 느낄 희열까지 기대하며 그의 심장은 점점 흥분으로 뛰어놀았다.

"사슴이다! 쫓아!"

컹컹! 컹컹컹컹!

10여 마리의 사냥개들이 일제히 달려 나갔다. 놈들의 역할은 스탄과 그 부하들이 활을 쏘기 좋도록 사냥감을 몰아오는 것이었다. 좌우로 퍼지며 추격하던 놈들이 사슴을 몰아왔고 스탄의 손에 들린 활이 만작되었다.

"흐읍!"

피잉! 쎄에에에엑!

스탄의 화살이 번개처럼 쏘아지며 사슴의 옆구리를 꿰뚫었다. 풀쩍 뛰어올랐다가 쓰러지는 사슴이 애처로운 눈망울을 한 채 서서히 죽어갔다.

"하하하! 역시 명궁이십니다."

"대단한 솜씨십니다, 공자님!"

부하들의 아부에 스탄의 입꼬리가 활짝 휘어졌다. 첫 발부터 사슴을 잡아서 그런지 기분이 유난히 상쾌하고 즐거웠다.

"다들 한 마리씩 잡으라고. 이거야 나만 잡으면 쓰나."

"아이고! 워낙 공자님의 실력이 좋으시니 별수 없잖습니까. 안 그렇습니까?"

"암요. 공자님이 살살 해주셔야 상대가 되지요."

자신을 띄워주기 위해 온갖 아부성 발언을 해대는 것에 스탄은 기분이 더욱 좋아졌다. 저들이 자신의 비위를 맞추기 위해 아부한다는 것은 자신도 알고 있었지만 그것에 더 기쁨을 느끼는 스탄이었다.

"엇! 저기 그레이울프입니다!"

"뭣? 그레이울프?"

그레이울프는 몬스터로 분류될 정도로 체구가 크고 사나운 놈이었다. 영주의 사냥터로 통제되는 이 숲에서는 찾아볼 수 없는 놈이 나타난 것이었다.

"사냥개들을 불러들여라! 모두 활을 들어!"

사냥꾼들의 대장은 애송이들에 불과한 스탄 무리들이 자칫 그레이울프에게 사고라도 당할까 염려하여 활을 들라고 소리쳤다. 사냥꾼들이 일제히 활을 들어 그레이울프를 겨냥했고, 접근하는 즉시 화살을 날릴 차비를 갖췄다.

"쫓아라! 저놈을 내가 잡아야겠다."

스탄은 그레이울프를 자신이 잡아야겠다며 뛰쳐나갔다. 몬스터로 분류되는 놈을 잡는 것으로 자신의 사냥 실력을 과시할 생각이었다.

"고, 공자님! 위험합니다."

"그레이울프는 무리 생활을 하는 놈입니다. 위험합니다!"

사냥꾼들은 그레이울프의 습성을 잘 아는 탓에 위험하다고 만류했지만 이미 그런 말은 스탄의 귀에 들어오지 않았다. 자신의 실력이라면 그런 하급 몬스터 따위에게 당할 리 없다는 자신감으로 가득했다.

"저딴 놈에게 당할 내가 아니야. 가자!"

"네, 공자님!"

무리까지 이끌고 그레이울프의 뒤를 추격한 스탄은 천천히 움직이며 숲 깊숙한 곳으로 이동하는 놈의 뒤를 따랐다.

피릿! 쎄에에엑!

스탄과 부하들은 그레이울프를 향해 화살을 날렸지만 아슬아슬하게 피해내며 도주하는 놈 때문에 조금씩 약이 올랐다. 슬쩍 뒤를 바라보며 고개를 가로젓는 그레이울프의 행동은 꼭 깔보는 듯한 느낌마저 주었다.

'반드시 잡고 만다. 개놈!'

스탄은 약이 바짝 올라 조금씩 더 속도를 올렸다. 부하들이라고 해봐야 익스퍼트에 간신히 오른 밀랑이라는 자 하나를 빼고는 죄다 쓰레기에 가까운 놈들뿐이었다. 그러니 개망나니라고는 해도 백작가의 후손으로 제대로 된 교육을 받은 스탄의 육체적인 능력을 따라잡지 못했다.

크르르르!

어느 순간 스탄은 부하들이 멀리 뒤처진 것을 깨달았다. 그리고 자신의 앞쪽에 멈춰 선 그레이울프가 섬뜩한 살기를 내뿜으며 으르렁거리는 것을 보았다.

'이, 이런……'

한 마리라면 이런 개새끼 소리를 내지르며 달려들었을 스탄이었다. 그러나 한 마리가 아니라 십여 마리에 달하는 몬스터들이 버티고 있었다. 그리고 뒤쪽에서 들려오는 소음으로 봤을 때 자신이 포위됐다는 것을 알 수 있었다.

'모, 몬스터가 함정을 파? 마, 말도 안 돼!'

스탄은 욕설이라도 터뜨리고 싶었지만 지금은 놈들을 자극할 때가 아니라는 생각에 입을 꾹 다물었다. 들고 있는 활을 내려놓고 옆구리에 채워진 롱소드를 뽑아 들며 서서히 뒷걸음질로 함정을 빠져나가려 했다.

"크악!"

"수, 수인족이다! 도망가!"

뒤쪽에서 들려오는 비명에 스탄의 발걸음이 멈춰졌다. 수인족이라는 소리와 함께 부하들이 내지르는 비명이 숲을 진동시켰다. 지독한 고통을 호소하는 소리가 연달아 들리자 스탄은 눈을 질끈 감았다.

'모두 죽은 건가? 제, 젠장!'

10여 번의 비명은 부하들이 지른 죽음의 소리였을 것이다. 그리고 그 뒤로 조용해진 것을 보면 전멸했다는 것을 알 수 있었다.

"고맙군, 안 그래도 먹이가 모자랐는데 말이야. 크크크크!"

진득한 살소를 흘리며 다가오는 자의 음성에 스탄은 등골이 서늘해졌다. 수인화를 이룬 자들이 흉포한 기세를 흘리며 앞쪽에서도 서서히 모여들자 오줌이라도 지릴 것 같았다.

'으으… 이렇게 죽는 건가? 어, 억울해…….'

죽음의 공포 앞에서 스탄은 제발 자신의 목숨을 살려 달라고 누군가에게 빌었다. 신을 믿지 않는 스탄이었지만 지금 이 순간만큼은 신의 이름을 찾으며 살려 달라고 애원하고 있었다.

"다른 먹이도 남았다. 빨리 해치우고 가자."

"네, 대장!"

서서히 다가오던 웨어울프는 날카로운 발톱을 뾰족하게 세우며 스탄의 목을 가르기 위해 달려들었다.

"제, 제발!"

스탄은 살려 달라고 소리를 높였지만 그 누구도 구원해 줄 수 없는 곳이었다. 그런데 자신의 간절한 바람을 들었을까? 날카로운 파공성이 숲을 가르며 들려왔다.

카앙!

"누구냐!"

버럭 소리를 지른 웨어울프는 자신의 행사를 방해한 존재가 있는 곳으로 고개를 돌렸다.

"감히 수인족 주제에 인간을 해치다니. 용서할 수 없다!"

위기에 빠진 인간을 구하는 용사의 진부한 대사와 같은 것을 지껄이며 누군가가 바람처럼 달려왔다. 바로 사냥꾼의 모습을 하고 있는 이안이었는데, 얼굴이 완전히 달라져 있었다. 마법으로 얼굴을 변화시키고, 복장 역시 사냥꾼들이나 입을 법한 복장으로 변해 있었다. 레더메일과 착용한 장비들은 레이첼의 동료들이 남긴 고풍스러운 아티팩트들로 바꾼 상태였다.

"쳐라!"

"죽여주마. 크르륵!"

수인족들이 일제히 이안을 향해 달려들었다. 그들은 발톱에 아지랑이처럼 피어오른 붉은 마나의 오러를 두른 채 이안을 죽이기 위해 사정없이 몰아쳤다.

카앙! 카캉! 카가캉!

사방에서 검기가 충돌하며 붉고 푸른빛들로 숲을 물들였다. 인간의 움직임이라고는 상상도 할 수 없는 놀라운 스피드와 발놀림으로 수인족들 사이를 누비는 이안의 동작들은 영웅의 모습으로 스탄에게 다가왔다.

"와아… 대, 대단하다……."

부친인 베링거 백작의 실력은 최상급의 익스퍼트로, 그런 부친이 평소에 기사단과 대련하던 모습을 보고 자란 스탄이었다. 그런 그가 보기에 사내의 실력은 부친에 뒤지지 않는 놀라운 것이었다. 아니, 오히려 더 뛰어났으면 뛰어났지 아래가 아니라는 생각이 들었다.

'사, 살았다. 저런 사람이라면… 이걸 거야…….'

스탄은 뒤로 물러서서 수인족들과 싸우는 이안의 선전을

기원했다. 자신이 끼어들어 봤자 한주먹거리밖에 안 된다는 것을 아는지 싸움터에서 멀리 떨어진 채 이안의 싸움을 구경했다.

퍼억! 퍼퍽!

"캐앵!"

"크헉!"

비명을 지르며 나가떨어진 수인족들은 입에서 붉은 피를 뿜어내며 나뒹굴었다. 오러 스레드를 만들어내며 수인족들을 쓸어가는 사내의 공격은 가까스로 피할지라도 발길질이나 주먹질까진 피하지 못하고 나가떨어진 것이었다.

"으으… 물러나라! 우리가 감당할 실력자가 아니다."

"하지만, 대장!"

"물러나라. 일족을 더 잃을 수는 없어!"

수인족들의 대장으로 보이는 웨어울프가 외치자 이안과 드잡이를 벌이던 수인족들이 빠르게 전열을 이탈했다. 그리고 본래의 모습으로 변한 채 미친 듯이 숲으로 도망가 버렸다.

"흠… 괜찮나?"

별거 아니라는 듯이 검을 갈무리한 사내가 다가와 묻자 스탄은 절로 고개를 끄덕였다. 이런 대단한 실력자가 왜 이런 숲에 머무는지는 몰랐지만 알고 싶지도 않았다. 다만 어떻게든 자신의 편으로 만들어야 한다는 일념만이 그를 지배했다.

"감사합니다. 베링거 백작가의 스탄이라고 합니다. 은공의 성함은……."

오러 스레드를 사용할 정도의 대단한 실력자였으니, 스탄은 평소와는 다르게 공손한 태도로 이름을 물었다.

"레오라고 부르게."

"펴, 평민이신가 보군요."

평민이라고 해도 저런 실력자는 자작 정도의 작위를 받을 수 있었다. 그러니 평민이라고 함부로 할 수 없는 능력자인 것이다.

"왜 불만인가?"

"아, 아닙니다. 그럴 리가요. 하하하!"

스탄은 어떻게든 레오라는 사내를 자신의 가문으로 끌어들이기 위해 필사적이었다. 그렇게 함으로써 부친의 인정도 받고, 만약의 상황에서도 자신에게 영지 정도는 떨어질 거라 생각한 것이다.

4장

성녀? 뭔가 이상한데?

부하들의 시체를 사냥꾼들에게 처리하게 한 스탄은 다시 사라지려고 하는 이안을 필사적으로 붙잡았다. 이렇게 가면 자신의 체면이 뭐가 되겠냐는 식으로 은혜를 갚아야 한다고 역설했다. 그렇게 끌려오듯이 베링거 백작성으로 향한 이안은 스탄의 안내를 받아 성문을 보란 듯이 통과했다.

'백작령의 영주성이라 그런지 화려하게 지어놨군.'

왕국으로 치면 후작령 정도라지만 인구수가 달랐기에 2배 정도의 차이가 나는 곳이었다. 베링거 백작령에 소속된 인구수만 해도 50만을 넘어가니 그들이 내는 세금만 해도 작은 왕국 수준이었다.

"무슨 경계가 이리 삼엄한가? 큰일이라도 있나?"

걸걸한 음성에 스탄이 고개를 끄덕이며 은근한 목소리로 대답했다.

"지금 이곳에 이단 심판관들이 와 있어서 그럽니다."

스탄은 족히 40대 정도로 보이는 이안의 겉모습과 음성에 공손하게 대답했다. 나중에 어떻게 될망정 지금은 자신의 편으로 끌어들이기 위해 공을 들이는 것이었다.

"누가 무슨 짓을 했길래 이단 심판관이 온 거지?"

다 알면서도 모르는 척 물었다. 그러자 스탄은 신이 나서 락토르 왕국에 대한 것과 지금 돌아가는 사정들을 이야기했다. 물론 백작가의 자제답게 들은 풍월은 많았기에 제국이 꾸미고 있는 짓거리에 대한 비판도 있었다.

"호오! 그럼 제국이 잘못했다는 소린가?"

"그렇기야 하죠. 하지만 어디 가서 그런 이야기는 하지 마세요. 자칫 황실에 알려지면 목이 댕강 하고 날아갑니다. 크크크!"

상당히 냉소적인 음성으로 목을 긋는 시늉을 하는 스탄을 보며 이안은 제국 내에도 황제와 크리스토퍼 대공에 대한 반감이 상당하다는 것을 느낄 수 있었다.

"아이고! 스탄 공자님, 어디 갔다가 오시는 겁니까!"

내성 안으로 들어서기 무섭게 시종 차림의 사내가 달려와 호들갑을 떨었다. 그는 낯선 사람과 단둘이 들어오는 스탄을 보고 뭔가 이상한 느낌을 받았는지 주춤거리며 그를 살폈다.

"같이 갔던 사람……."

"모두 당했다. 저분이 아니었다면 나도 죽었을 거야. 진짜 죽는 줄 알았다니까. 하하하!'

"아이고오! 정말 다행입니다. 다행……."

다른 이들은 모두 스탄을 욕하는 상황임에도 진정으로 걱정하는 모습을 보인 사내는 스탄이 태어날 때부터 그를 모셨던 시종이었다. 손주를 대하듯 지극정성으로 그를 살폈다는 것이 그의 눈빛 하나로 드러났다.

"저기… 그런데 저분은……."

"일단 내 방으로 모셔. 나는 아버지한테 말씀드릴 테니까."

"저 방으로 모시는 것은 문제가 아닙니다만… 백작님을 뵙는 것은 조금 어려울 거 같습니다."

"아버지께 무슨 일이 있는 거야?"

"추기경님 일행 분들을 접대하느라 시간이 없으셔서 그럽니다."

"아… 하긴 그렇겠네."

추기경이라는 자리는 제국에서도 후작급에 준하는 대우를

받는 엄청난 자리였다. 그러니 백작에 불과한 베링거 백작이 직접 접대를 하고 있었다.

"저 그리고… 저녁 만찬에는 반드시 참석하시라는 당부가 있으셨습니다."

"그래? 알았어."

저녁 만찬은 이단 심판관 일행들 모두를 접대하는 중요한 자리였으니 그 자리에서 부친과 이야기를 하면 될 거라 생각했다.

"가시죠. 일단 좀 쉬는 것이 좋겠어요."

"그러지."

이안은 스탄의 뒤를 따라 천천히 내성 안으로 걸어 들어갔다. 그러면서 내성 안의 사정을 빠짐없이 살폈는데 확실히 침투하는 것 자체도 어려울 정도로 삼엄했다.

'성녀 일행이 어디에 머물러 있는지 알아야 하는데… 흐음……'

지금 당장 성녀 일행에 접근하는 것은 무리였다. 일면식도 없는 상황이었고 이단 심판관으로 온 그들이 심판을 받아야 하는 나라의 귀족을 반길지도 의문이었다.

똑똑!

정중한 노크 소리에 이안은 나직한 목소리로 들어오라 말했다.

"들어오시오."

"레오 님, 잠시 나오셔야겠습니다."

"나 말인가?"

"네, 드레드 기사단장님께서 잠시 뵙기를 청하십니다."

"기사단장이라… 알겠소."

기사단장이 자신을 보자는 것은 정체가 의심스러우니 그 것을 밝혀내려는 것일 터였다.

'긴장해야겠군.'

이안은 철저하게 미리 생각해 놓은 것을 머릿속에서 되새 긴 후에 자리를 털고 시종을 따라나섰다. 안내를 받는 동안 이안은 자신을 감시하는 자들의 눈빛이 제법 사납다는 것을 느꼈다.

'스탄을 따라왔다는 것이 문제로군. 큭큭!'

스탄을 구해준 사람이라는 것에 대부분의 사람들이 적의 를 드러내는 것이었다. 그만큼 스탄의 가문 내 입지가 바닥을 뚫고 내려가 지하 저 밑 쪽에 형성되어 있다는 뜻이었다.

"저분이 드레드 기사단장님이십니다."

"안내 고맙소."

이안은 드레드 기사단장이라고 불린 사내의 앞으로 뚜벅 거리며 걸어갔다. 50대 정도의 강직해 보이는 드레드 기사단장은 부리부리한 눈으로 이안의 전신을 훑었다.

"드레드 콘실러 자작일세."

"레오요."

짧게 대답하는 이안이었지만 드레드 콘실러 자작은 무심한 눈빛을 유지하며 이안을 살폈다.

"갑옷도 그렇고 검도 상당히 오래된 것으로 보이는군."

적어도 400년은 넘은 유물이라고 불러야 할 물건들이었다. 양식도 그렇고 세월의 흐름을 고스란히 간직한 빛바램이 드레드 자작의 눈길을 잡아 끈 것이었다.

"가문 대대로 내려온 유물이지."

"가문이라… 일반 평민이 아니었던가?"

"내 스스로 평민이라고 한 적은 없소만."

"하긴……."

평민이라고 밝힌 적이 없다는 말에 드레드 자작도 고개를 끄덕였다. 행동거지 하나하나에 묻어 나오는 품격은 평민들이 흉내 낼 수 없는 것들이었다.

"2공자에게 왜 접근했는지 말해주겠나?"

"접근이라… 크큭! 그냥 죽게 놔둘 것을 그랬군."

뜬금없이 단도직입적으로 묻는 드레드 자작의 질문에 이안은 어이가 없다는 투로 중얼거렸다. 대답이 아닌 자연스러운 반응에 드레드 자작의 눈빛이 살짝 누그러졌다.

"내가 그런 애송이에게 접근할 이유라도 있을 거 같나?"

사나운 기세를 뿜어내는 이안의 도발에 드레드 자작은 급히 마나를 끌어 올렸다. 자신의 실력을 뛰어넘는 사나운 기세가 밀려들자 마나를 끌어올려 대항하는 수밖에 없었다.

"크흣… 대단하군."

"검의 완성을 보기 위해 20년을 숲에서 수행했다. 아직 완성하지는 못했으나 그 실마리를 잡은 나다! 그런 내가 애송이 따위에게 접근한다는 소리를 들어야 하는가!"

이안이 으름장을 놓듯이 일갈을 내지르자 드레드 자작은 자신들의 의심이 잘못된 거라는 생각이 들었다. 검의 끝자락을 잡기 위해 20년을 숲에서 수련한 자라는 말이 마음을 흔든 것이었다.

"돌아가겠다. 오기 싫은 거 억지로 보은하겠다고 끌고 온 애송이의 마음 씀씀이가 예뻐서 왔더니만. 재수가 없으려니. 쯧!"

이안이 휙 소리가 나도록 신형을 틀며 돌아가려 하자 드레드 자작은 마음이 급해졌다. 아무리 기사들의 위상이 땅바닥을 기는 세상이라고 해도 최상급의 익스퍼트는 귀한 존재였다. 그런 존재에게 무례를 범한 꼴이 됐으니 사과를 하고 그를 잡아야 했다.

"미안하게 됐소. 주군께서 시험을 해보라고 하기에 내가 경솔한 언행을 한 거 같소. 내 사과를 받고 돌아가겠다는 마음은 돌려주시오."

"쿵! 사과는 받아들이지. 하지만 이곳에 있을 이유는 없는 거 같군. 인연이 있어도 또 보지는 말았으면 좋겠군."

완전히 화가 단단히 났다는 것을 드러내는 이안의 말에 드레드 자작은 다시금 머리를 숙이며 사과의 말을 전했다. 그렇게 한참을 가겠다는 이안과 미안하다는 드레드 자작의 말이 오고간 이후에야 이안의 기세가 누그러졌다.

"그냥 오늘 하루 목욕이나 하고 밥이나 먹고 가겠소. 내가 이곳에 있을 이유도 딱히 없는 거 같으니 말이오."

"하하! 일단 숙소로 가시구려. 내 주군께 말씀드리고 직접 식사를 대접할 것이니 말이오."

"쿵! 그럽시다."

이안은 여전히 퉁명스러운 대답을 했지만 드레드 자작은 속으로 안도하며 발길을 돌렸다. 주군인 베링거 백작에게 최상급 익스퍼트의 검사를 소개할 마음에 발길이 급했다.

'다행히 시종을 따라가는군. 주군께서 확실하게 대우를 해줘야 할 텐데 말이야.'

기사단의 전력이 뛰어나다지만 최상급의 익스퍼트라면 독보적인 위치를 차지하게 될 인재였다. 자신의 자리가 위태로워질지도 모르지만 지금 돌아가는 상황이 그런 걱정 따위는 날려 버리고도 남았다. 전쟁이 언제 제국으로 번질지 알 수 없으니 그것에 대비해야 하는 것이다.

"락토르 왕국은 어쩌다 그런 왕을 만나서 저러는지 모르겠습니다. 백성들만 불쌍할 뿐이죠."

주군인 베링거 백작이 있는 연회실로 들어서자 모두가 들으라는 듯이 그가 추기경인 알폰소에게 하는 말소리가 들려왔다. 접대를 위한 자리라고는 해도, 이단 심판관을 호종하고 로크 제국을 관장하는 알폰소 추기경을 위시한 고위 사제들이 대거 몰려 있는 자리였다.

"누가 아니랍니까. 어쩌다가 그런 작자가 왕이 됐는지. 쯧쯧쯧!"

알폰소 추기경 역시 베링거 백작의 말에 맞장구를 치며 락토르가 마왕을 소환하기 위해 일을 꾸몄다는 것으로 계속해서 몰아갔다.

"아직 정해진 것은 아무것도 없습니다. 그러니 확정 짓는 발언은 삼가주세요."

영롱한 음성이 두 사람의 대화를 끊어냈다. 후드로 가린 탓에 외모는 파악할 수 없었고 얼핏 보이는 얼굴은 그마저도 면사로 가려 눈만 보였다. 그래도 고운 아미와 호수 같은 눈망울은 성녀라는 말이 괜한 것이 아님을 알 수 있게 만들었다.

"주군!"

"잠시만 실례하겠습니다."

베링거 백작은 드레드 자작이 다가와 자신을 부르자 잠시 실례하겠다는 말을 하고 살짝 떨어진 곳으로 이동했다.

"확인해봤나?"

"예, 제 윗 줄의 검사였습니다. 신원은 밝히지 않았지만 귀족 가문의 출신은 확실해 보였습니다. 그리고……."

드레드 자작이 하는 말을 꼼꼼히 듣던 베링거 백작은 그가 화를 내고 가려고 했다는 말에서 고개를 끄덕였다. 자신의 아들이 망나니라는 것은 그도 잘 알고 있었지만 억지로 끌고 왔다는 말에는 피식거리며 웃음이 흘러나왔다.

"후하게 대접하게. 성녀 일행은 내일 떠날 테니 그 이후에 내가 직접 이야기를 해보지."

"네, 그럼 오늘은 제가 술 대작이라도 하며 마음을 달래보도록 하겠습니다. 20년을 숲에서 수련만 했다고 하니 귀한 술과 아름다운 여자로 녹여 보도록 하지요."

"하하하! 그렇게 하게. 내 술 창고를 통째로 개방할 테니 말이야."

"감사합니다, 주군!"

"그래, 단장이 확실하게 접대를 하도록. 가보게."

"네, 주군!"

드레드 자작이 도로 나가자 베링거 백작은 성녀와 설전을 벌이고 있는 추기경을 돕기 위해 입을 열었다.

"락토르 국왕이 미쳐서 그랬다는 증거가 확실하지 않던가요? 오죽 했으면 충신이라고 알려진 다아크 공작이 반란을 일으켰겠습니까? 아니 그렇습니까, 추기경 각하!"

"암요. 그보다 확실한 증거가 어디 있으려고요. 하하하!"

추기경은 주신을 섬기는 자였으니 로아의 성녀에게 어떻게든 자신의 뜻을 관철시키려 했다. 그러나 여전히 고개를 가로저으며 자신의 눈으로 본 것만 판단하겠다고 나서는 성녀의 말에 이맛살을 찌푸렸다.

'쯧쯧, 마지막 기회도 걷어차다니… 별수 없구나, 성녀!'

알폰소 추기경은 고집스럽게 제국의 뜻을 어기는 이블린 성녀에게 측은한 눈빛을 보냈다. 이제 성녀는 이 영지를 벗어나는 순간 죽게 될 것이고 이단 심판관의 임무는 자신이 대신하게 될 것이었다.

"하하! 오늘 밤은 아주 즐거웠소이다. 레오 경."

"저 역시. 오랜만에 맛있는 음식과 술을 즐기니 마음이 편안해지는 기분입니다."

이안이 아주 만족했다는 듯이 말하자 드레드 자작은 흡족한 미소를 지으며 뒤쪽을 향해 손짓했다.

"부르셨습니까. 자작님."

나긋나긋한 음성으로 대답하는 여인은 상당한 미모를 지니고 있었다. 거기다 평민 수준이 아닌 교육을 받은 듯한 예절이 몸에 밴 여인으로 백작가에서 귀한 손님을 접대할 때 투입되는 여인이었다.

"오늘 밤 레오 경을 잘 모시도록 하거라. 알겠느냐?"

"성심껏 모시겠어요. 스칼라라고 해요."

"아, 이런… 안 그래도 됩니다만."

이안은 갑자기 여인에게 밤 시중을 들게 하는 드레드 자작의 말에 손사래를 치며 거절했다. 그러나 드레드 자작은 불콰해진 얼굴에 음흉한 미소를 지으며 말했다.

"흐흐! 오랜만에 숲에서 나왔는데 객고는 풀어야 하지 않겠소이까. 체면 차릴 거 없소이다. 다 아는 처지에. 크흠! 내일 봅시다."

드레드 자작이 그렇게 너스레를 떨며 자리를 뜨자 이안은 뚱한 표정을 지었다가 이내 고개를 털어버렸다. 어차피 이렇게 된 거 저 여인을 이용하여 자신의 알리바이를 만드는 것도 나쁘지 않을 것이었다.

"가지. 여기서 밤을 새울 수는 없으니까."

"호호! 제가 모시겠어요."

여인이 이안의 팔짱을 끼며 그가 배정받은 숙소로 향했다.

가는 내내 성에서 일하는 하인들과 기사들이 고개를 숙이며 인사를 하는 것을 보면 처음과는 다른 반응들이라는 것을 알 수 있었다.

"옷을 벗으세요. 간단하게라도 닦아드릴게요."

이미 방 안에는 커다란 대야에 물과 수건이 준비되어 있었다. 목욕을 하는 것은 아니지만 수건으로 물에 적셔서 몸을 닦아낼 수 있도록 준비해 놓은 것이었다.

"난 닦는 것보다 급한 게 있어서 말이야."

"어맛! 화끈도 하셔라. 호호호!"

자신을 번쩍 들어 올려 침대로 던져 버리는 이안의 행동에 여인은 색기가 넘치는 웃음을 터뜨렸다. 그리고 연이어 요염한 몸동작으로 이안을 유혹했다.

'쳐다보는 눈이 있다.'

이안은 벽 쪽에 걸려 있는 그림의 뒤에서 은밀한 시선을 느꼈다. 귀족 가문이 다 그렇듯이 손님방에는 확인을 위한 장치들이 되어 있었다. 그곳을 통해서 누군가가 방 안의 상황을 살펴보는 것이었다.

"저, 저기 불, 불 좀!"

스칼라 역시 방 안을 살펴보는 눈이 있다는 것을 알고 있었다. 때문에 불을 꺼달라는 말을 하며 옷을 급하게 벗기려드는 이안을 막아섰다.

"그래? 그러지."

피릿! 피릿!

"어머! 어, 어떻게 하신 거예요?"

"흐흐흐! 마나를 활용하면 이렇게 할 수 있지. 계속해야지, 응?"

"엄마야! 사, 살살요. 살살!"

스칼라는 짐승처럼 달려드는 이안을 향해 비명을 지르며 온갖 교태로운 몸짓으로 마음을 사로잡으려 애썼다.

'눈길이 사라졌군. 이 정도면 충분하지.'

이안은 초상화의 눈동자가 있는 부위가 원래대로 돌아오며 감시하는 눈길이 사라지는 것을 느꼈다. 그리고 곧바로 완전히 알몸이 되어 자신의 목을 휘감는 스칼라를 살짝 떨어뜨리며 마법을 사용했다.

"마인드 컨트롤!"

"아음… 아아……."

스칼라는 이안이 건 마법에 걸려 이지를 제압당했다. 그런 상태에서 이안은 스칼라에게 환상 속에서 자신과 정사를 나누는 행동을 하게 만들었다. 그렇게 침대를 벗어난 이안은 어둠 속에서도 혼자 정사를 나누는 스칼라의 모습에 쓴웃음을 지어야 했다.

'예쁘기는 정말 예쁘네. 큭!'

소담하게 솟은 가슴을 자신의 손으로 문지르며 은밀한 신비처를 쓰다듬는 그녀의 모습은 정말 눈이 돌아갈 정도였다. 그러나 자신의 임무가 우선인 탓에 이안은 거침없이 신형을 틀며 창문을 향해 걸음을 옮겨야 했다.

'성녀를 직접 만날 수는 없을 것이고… 호위 기사를 통해 이야기를 전하는 것이 최선이겠다.'

저녁에 술을 마시며 드레드 자작에게 성녀 일행이 머무는 곳에 대한 대강의 정보는 얻어놓은 상태였다. 일행은 영주 관저의 후미에 위치한 별관에 머무는데 그곳을 통째로 사용하고 있었다.

'누가 보면 석상인 줄 알겠군.'

건물과 건물 사이를 뛰어넘어 이동한 이안은 별관이 내려다보이는 맞은편 건물의 옥상에서 발걸음을 멈춰야 했다. 내성 안은 상대적으로 경계가 허술한 편이었는데 별관 앞은 달라도 너무 달랐다.

'10미터 간격으로 경계병을 세워놓다니… 흐음……'

인의 장막을 세워놨다고 해도 무방할 정도로 경계가 삼엄했다. 거기에 경계를 서는 자들은 모두 성기사들로 조그만 소리나 기척도 잡아낼 수 있는 능력이 있었다.

'마법은 마나의 유동 때문에 곤란하고… 어쩐다?'

마법을 사용하면 당장에 마나의 유동이 일어날 것이고 그것을 감지할 수 있는 익스퍼트급 이상의 기사들이 우르르 몰려들 터였다.

'별수 없지. 해보는 수밖에.'

어새신이나 도둑들이라면 이런 상황에서 은밀하게 들어가는 어떤 방법들이 있을 것이었다. 하지만 이안은 그런 방법은 알지 못했다. 그래서 무식한 방법으로 최대한 은밀하게 들어갈 수 있는 자신만의 방법을 떠올렸다. 보통의 사람들이라면 상상도 할 수 없는, 자칫 실수하면 수십 명의 성기사들과 드잡이를 해야 할지도 모를 그런 방법이었다.

'후우… 후우…….'

서서히 숨을 고르고 마나를 빠르게 마나로드로 휘돌렸다. 그리고 최고조에 이르자 이안은 그대로 건물 옥상을 은밀하고 빠르게 달렸다.

'반드시 성공한다!'

타탓! 파앗!

비조처럼 공중으로 날아오른 이안은 멀리서부터 인비지빌리티 마법을 사용한 탓에 누구의 눈에도 보이지 않았다. 단지 약간의 기척만이 느껴졌을 것이지만 높은 건물의 옥상과 옥상 사이에서 일어난 것이라 성기사들은 그것을 감지하지 못했다.

'이런!'

거리가 살짝 모자랐다. 도약한 건물의 옥상과 별관과의 거리는 40여 미터에 달했고 아무리 마스터라고 해도 도약력에는 한계가 있었다. 결국 별관의 옥상을 눈앞에 두고 이안의 몸이 지상으로 추락했다.

'흐읍!'

이안은 제발 들키지 않기를 바라며 손가락에 마나를 주입해 별관의 3층 벽에 찔러 넣었다.

'다행이다… 휘유!'

약간의 소음이 일어났지만 벽에 바짝 몸을 밀착하며 숨을 죽여서인지 아래쪽의 성기사들은 그를 발견하지 못했다. 몇몇 성기사들이 웅성거리는 모습이었지만 원래대로 돌아가 석상처럼 경계 근무를 섰다.

'바로 들어가야겠군.'

목표로 했던 옥상에는 올라서지 못했지만 벽에 대롱대롱 매달린 이안은 반동을 이용하여 바로 옆쪽에 위치한 창문으로 들어갔다.

'로아의 성기사들은 거의가 여자들로 이루어졌나? 흐음……'

아래쪽의 경계 병력도 모두 여자들로 이루어져 있었다. 그런데 들어선 방에서 자고 있는 사람도 여성이었다. 물론 방

안에 곱게 정리된 갑옷과 그 외의 물건들이 그녀 역시 기사라는 것을 알려주고 있었다.

'마법은 안 되고… 마나로 소리를 통제하는 것이 최선이겠군.'

이안은 한 번도 해보지는 않았지만 자신의 마나로 공간을 장악하면 소리가 흘러나가지 않도록 할 수 있을 거라 여겼다. 촘촘해진 마나의 힘이라면 충분할 것이었다.

"이봐, 좀 일어나지 그래?"

이안은 마나로 공간을 장악하자마자 엎드린 채 자고 있는 여인을 흔들어서 깨웠다.

"우움… 조금만 더… 잘게요… 우웅…….."

여인은 잠꼬대하듯이 웅얼거리며 베개를 끌어안고 고슴도치처럼 둥글게 몸을 말아버렸다.

"헐… 기사 맞아?"

아무리 성기사라고 해도 기사는 기사였다. 누군가의 침입이나 소리가 들리면 조건반사적으로 몸이 깨어나고 제압하려고 하는 것이 기사였다. 그런데 이 여인은 무방비도 이런 무방비가 없을 정도로 풀어진 모습을 유지했다.

"헉…….."

다시 한 번 흔들어 여인을 깨우던 이안은 그녀가 몸을 틀면서 언뜻 보이는 늘씬한 다리의 각선미와 백옥처럼 하얀 피부에 화들짝 놀랐다. 그리고 그보다 더 충격적인 것은 그녀의 얼굴이었다. 은은한 달빛이 비추는 그녀의 아름다움은 지금껏 보지 못했던 충격적인 아름다움이었다.

"으응… 누, 누구세요?"

잠에서 깼는지 눈을 비비며 일어나던 여인은 눈앞에 검은 그림자처럼 우뚝 선 이안을 발견하고 깜짝 놀라며 물었다.

"여기는 어떻게 들어온 거죠? 나, 나를 어떻게 하려는 거예요?"

빠르게 묻던 여인은 이불로 몸을 가리며 필사적으로 구석으로 피했다. 그리고 점점 목소리를 높여서 밖에 있을 우군을 부르기 위해 필사적으로 노력했다.

"아무 짓도 안 할 테니 목소리 줄여요."

"당신을 어떻게 믿어요. 저리 가요! 서, 설마 나를 범… 그러지 마요. 나는 그러면 안 돼요."

이안은 점점 미친 듯이 행동하는 그녀를 보다 못해 가볍게 손을 흔들어 그녀의 마나로드 몇 곳을 건드렸다.

"앗… 어, 어떻게 한 거예요? 내 몸이 왜… 흐윽… 이렇게 나를 범하려고… 나쁜 놈…….."

그녀는 자신의 몸이 움직이지 않게 된 것에 서서히 공포가 밀려드는 모양이었다. 나중에는 눈물을 보이며 원망 어린 시선으로 이안을 쳐다보았다.

"걱정할 거 없어요. 난 해를 끼치려고 온 것이 아닙니다."

진정성이 묻어나오는 음성으로 달래듯이 이안이 말하자 그녀는 처음으로 눈물을 멈췄다. 그러나 여전히 의심이 깃든 눈빛으로 이안의 눈을 똑바로 쳐다보았다.

"네? 정말요?"

"물론이에요. 내 검을 걸고 약속합니다."

이안이 자신의 검을 손가락으로 두들기며 하는 말에 그녀도 조금은 마음이 놓이는 모양이었다. 검사가 검에 대고 하는 약속은 그 어떤 것보다 중요하다는 것을 모두가 아는 까닭이었다.

"미, 믿을게요. 그 약속."

"믿으셔도 됩니다. 그럼 다시 풀어드릴게요."

이안은 몸이 굳어 있는 여인의 마나로드를 몇 군데 두들겨 움직임을 제약한 것을 풀어주었다.

"와아⋯ 진짜 신기해요. 어떻게 한 거예요? 네?"

여인은 자신의 몸을 움직이지 못하도록 만든 이안의 수법이 정말 신기하게 느껴진 모양이었다. 자신이 처한 처지도 잊어버린 채 놀란 토끼 눈을 뜨고서 이곳저곳을 만지며 신기한 표정을 짓고 있었다.

'참 순수하다고 해야 하나? 아니면⋯⋯.'

이안은 여인이 하는 행동들을 그대로 지켜보며 아빠 미소가 절로 지어졌다. 아직 청년이었고 여인도 접해보지 못한 그가 그런 미소를 지을 수 있었던 것은 그녀가 내뿜는 매력 때문일 것이었다.

"마나로드에 내 마나를 심어서 행동을 제약하는 방법입니다. 마스터에 오르면 그런 방법도 사용할 수 있더군요."

"아~ 그렇구나… 네에? 마스터요? 와아… 마스터시구나."

울고불고 난리를 치던 여인이 신기한 동물을 쳐다보듯이 행동하자 이안도 조금은 갈피를 잡지 못했다. 그러나 처음보다는 차라리 이런 모습이 백배는 더 나을 것이었다.

"지금부터 내가 하는 이야기를 잘 들어요."

"네에? 아… 하세요."

"나는 락토르 왕국의 이안 폰 레이너 백작입니다."

"레이너 백작님이요? 제가 듣기로 레이너 백작님은 이제 23살인데…….."

이안은 자신이 마법으로 변장한 모습이 40대 중년인의 모습임을 깜빡하고 있었다. 그러나 이제 와서 마법을 사용할 수는 없는 노릇이었기에 설명을 해가며 자신이 이안 레이너가 맞음을 알렸다.

"나는 마검사입니다. 마법도 마탑주들만큼은 하죠. 아시는지는 모르겠지만."

"들어본 거 같아요."

"이 모습은 마법으로 변장한 겁니다."

"그러시구나. 그런데요?"

"제가 온 목적은 성녀 일행을 로크 제국에서 제거하려고 한다는 것을 알리기 위함입니다."

"아, 그거요… 저도 알고 있어요."

여인이 알고 있다는 말에 이안은 이게 뭔 소린가 싶었다. 알고 있음에도 이곳으로 온 것은 무슨 이유가 있을 것이었다. 그 이유가 무척 중요한 열쇠가 될 거 같다는 생각이 들었다.

"이유를 알 수 있겠습니까?"

"음… 이건 비밀인데요. 절대 말하면 안 돼요."

"끄응…….."

앓는 소리를 내며 이안은 눈빛으로 다시 한 번 그녀를 압박했지만 여인이 고개를 좌우로 흔들며 입술을 지그시 앙다무는 것을 보고 포기해야 했다.

"알겠습니다. 더는 묻지 않을게요. 하지만 성녀님이 죽으면 다음 이단 심판관이 될 로크 제국의 추기경은 반드시 락토르가 마왕을 소환하려 했다는 누명을 공식화할 겁니다. 전 그것을 막아야 하는 입장이죠."

"그렇군요. 하지만 방법이 없는걸요?"

"설마… 죽는 것을 각오하고 왔다는 겁니까?"

이안은 그녀의 처연한 표정을 보며 뭔가를 각오하고 왔다는 짐작이 들었다.

"교황 성하의 명령은 절대적인 거니까요. 명령이 내려지면 따라야 해요. 그게 교국의 율법이에요."

"답답하군."

자신이 죽을 자리라는 것을 알면서도 교황이 명령을 했으니 따라야 한다는 여인의 말에, 종교 집단이라는 것에 더욱 정나미가 떨어져 버렸다. 물론 군대도 마찬가지이기는 했지만 적어도 그런 명령이 떨어지면 자기 살길을 찾는 것이 인간적인 모습일 것이었다.

"국경을 넘으면 곧장 공격이 시작될 겁니다. 어떻게든 살아남아야 하니까 그 사실을 성녀님에게 알려주세요. 아시겠습니까?"

이안은 이미 알고 있는 사실이라도, 국경을 넘은 후 공격할 것을 알면 조금은 대비를 할 거라 생각해 그렇게 당부했다.

"네, 잘 알았어요. 어떻게든 살아볼게요."

"응? 그게 무슨……."

알려주겠다는 대답이 아닌 어떻게든 살아보겠다는 대답에 이안은 이상함을 느꼈다. 마치 본인이 성녀라도 된 것처럼 대답을 한 것이니 말이다.

"제가 성녀예요. 아이린이라고 합니다."

"네? 성녀의 이름은 이블린이라고 들었는데……."

이안은 아이린이라는 눈앞의 여인이 성녀라고 하자 뭔가 이상해도 단단히 이상하다는 생각이 들었다.

5장

어떻게든 살려는 드릴게

이안은 아이린이라고 자신의 이름을 밝힌 성녀를 처음부터 다시 뜯어보았다. 성스러운 분위기를 지닌 것은 성기사들도 마찬가지였지만 조금 다른 분위기가 느껴졌다. 어떻게 보면 성녀라고 하기에는 평범한, 그런 느낌적인 느낌이었다.

"성녀 같지 않죠? 저도 알아요. 원래 이랬는걸요."

미미한 미소를 입가에 지어 보인 그녀는 성녀라는 자신의 자리를 자각하지 못하고 있는 듯했다.

"그렇다면 조금은 대책을 세우고 온 거였군요. 이블린이라는 대역이 죽는다면 상대가 안심을 할 테니."

이블린을 죽이면 성녀가 죽는 것이라 여길 것이기에 성기사로 위장하고 있는 아이린은 목숨을 구할 수 있을 것이었다. 적들을 속이는 것도 가능하다는 판단이었다.

"이블린은 내 쌍둥이 동생이에요. 이블린이 죽는다면… 저도 죽을 거예요."

침울해진 눈망울로 죽음을 이야기하는 아이린을 보며 이안은 골치가 아팠다. 처음의 생각은 정정해야 할 판인 것이다.

'성녀로 대역을 세운 이가 동생이라니… 그것도 쌍둥이… 허 참……'

이렇게 되면 둘 모두를 구해야 한다는 결론이 나왔다. 이곳에 오기 전보다 더욱 어려워진 미션이 되어버렸다.

'어떻게 해야 할까? 이대로 데리고 도망가는 것이 최선일 거 같은데 말이야.'

기회가 있다면 지금이 유일한 기회일 것이다. 성녀 일행을 감시하는 것은 분명 주신 로하스의 성기사들일 것이고 로크 제국의 모든 눈과 귀가 그들을 도울 것이었다.

"이러면 어떻겠습니까?"

성녀인 아이린은 뭔가 방법이 있겠냐는 기대에 찬 눈으로 이안의 입이 열리길 기다렸다.

"제가 두 분을 납치해서 도망가는 겁니다. 그럼 어떻겠습니까?"

"납치요? 헤에… 그게 가능한가요?"

아이린은 자신과 동생까지 납치해서 도망가는 것이 가능하겠냐는 투였다. 아무리 마스터의 능력이 대단하다고 해도 수백 명이 넘는 기사들이 포위한 상태에서 납치를 하는 것은 불가능에 가까웠다. 특히 로하스 신전의 성기사 중 한 명인 스토크는 마스터였기에, 그가 있는 한 뚫고 들어오는 것도 어렵다는 생각이었다.

"가능합니다. 일단 납치해서 성만 빠져나간다면 락토르 왕국까지 넘어가는 것은 쉽거든요."

"그, 그래요? 그럼 그렇게 해주세요. 저를 납치해 주세요!"

아이린은 납치해 달라는 말을 하며 두 손을 모았다. 자신이 납치를 당한다면 이단 심판관을 교체하기 위해 로아의 성기사들이 죽는 일도 없어질 것이었다. 모두를 위해서 가장 좋은 시나리오가 자신이 납치당하는 일이었다.

'가만… 단순하게 생각할 문제가 아니야… 만약 성녀가 납치된다면? 나 같으면 그것을 이유로 이단 심판관을 바꿀 테지.'

이안은 납치를 하더라도 성녀만 납치해서는 해결될 문제가 아니라는 것을 생각했다.

"성녀님이 납치되면 이단 심판관의 주장은 바뀔 수도 있습니까? 가령 그 로크 제국의 추기경이라든가?"

"아아… 그게 문제네요. 알폰소 추기경이라면 분명 트집을 잡아서 바꿀 거예요. 제가 락토르의 사주를 받았다는 식으로 몰아세우겠죠."

"흐음… 어쩐다?"

"하아! 납치도 안 되는 건가요?"

아이린은 납치가 안 된다면 목숨을 걸고 싸워야 하는 상황에 처할 것을 우려했다. 자신이 죽는 것은 문제가 아니지만 자신을 호종하여 따라온 로아의 성기사단이 마음에 걸린 것이다.

'가만… 알폰소 추기경이라고 했나? 그놈도 같이 납치하면 해결될 문제다.'

알폰소 추기경까지 같이 납치한다면 자신이 살기 위해서라도 성녀 일행의 무죄를 필사적으로 증명해야 할 것이었다. 흑마법사들에게 당했다는 말을 한다면 그 즉시 추기경의 자리에서 물러나야 할 것이니 말이다.

"이렇게 하죠. 그 알폰소 추기경을 같이 납치해야겠습니다."

"알폰소 추기경을요? 그게 가능할까요? 그분의 옆에는 스토크 경이 계실 건데요."

"흐음… 스토크 그자는 어느 정도의 실력입니까?"

"로하스 신전의 기사단장이에요. 마스터죠."

"마스터라… 이거야 원……."

마스터가 옆에 있다면 납치하는 것이 무척 지난한 일이 될 것이었다. 기습을 한다고 해도 마스터라면 충분히 대응할 수 있을 것이니 말이다.

'마스터라… 떨어뜨려 놓아야 하는데… 거리가 있다면 순식간에 치고 나가면 되니까.'

마스터라고 해도 무적은 아니었고 거리가 있다면 그 틈을 노려서 빼돌리는 것이 가능했다. 자신의 속도와 힘이라면 충분히 가능하다는 판단이 섰다.

"그자를 추기경에게서 20미터쯤 떨어뜨려 놓을 수 있겠습니까?"

"20미터요? 우움……."

곰곰이 생각에 잠긴 아이린은 이내 뭔가가 떠올랐는지 박수를 짝 소리가 나도록 치며 말했다.

"이러면 될 거예요. 거리 행진을 할 때 축원을 바라는 신자들이 늘어서거든요. 그들에게 축원을 한다고 마차에 올라서면 돼요. 그때 알폰소 추기경에게 함께하자고 부탁하면 거절하지는 않을 거예요. 추기경이니까요."

"그거 괜찮네요. 반드시 그렇게 해야 합니다. 그래야 세 명을 한꺼번에 납치할 수 있거든요."

"걱정 마세요. 저랑 제 동생이 확실하게 해낼게요."

아이린은 작은 두 주먹을 불끈 쥐고 파이팅 넘치는 포즈를 취했다. 성스러운 분위기를 가진 경세지국의 미녀가 그런 행동을 하니 이안은 자신도 모르게 힘이 나는 기분이었다.

"후후! 그렇게 하죠. 만약의 상황을 감안해야 하니 납치에 대한 것은 두 분만 알고 계세요. 내일 성문을 빠져나가는 순간 납치를 할 테니까요."

"알았어요. 준비하고 있을게요. 호호!"

아이린은 아무도 죽지 않을 수 있다는 것에 철석같은 믿음을 내보였다. 어떻게 납치를 할 것인지 그것이 궁금하기도 했고 말이다.

"그럼 오늘 밤은 편히 주무시길."

"네, 내일 뵈어요. 꼭이요!"

아이린은 창문까지 걸어 나오며 이안을 배웅했다. 흐트러진 잠옷 차림의 그녀가 스킨십까지 해가며 배웅해 주는 것에 이안은 뭔가 알 수 없는 마음이 들었지만 이내 정신을 집중해야 할 때라고 자신을 다그쳤다.

'끄응… 어떻게 다시 넘어간다?'

올 때는 옥상에서 미친 짓을 해서 뛰어넘었지만 이제는 반대로 가야 할 상황이었다. 잠깐 고민을 했지만 과감하게 행동하는 것이 오히려 더 낫다는 생각에 옥상까지 곡예를 하듯 뛰어 올라갔다. 그다음부터는 오히려 김이 샜다고 할 정도로 수월하게 돌아올 수 있었다.

"그럼 살펴 가십시오, 이블린 성녀님!"

다음 날, 베링거 백작은 직접 내성의 문까지 배웅을 나왔다. 수백 명이 넘는 기사들이 삼엄하게 경계를 하고 길거리까지 병사들로 인의 장벽을 세우는 호의를 보란 듯이 베풀었다.

"주신 로하스의 가호가 함께하시길 기도하리다."

"로아의 축복이 함께하시길……."

추기경을 비롯한 로하스의 사제들과 성녀를 위시한 로아의 사제들이 축원을 해준 후 마차에 올랐다. 하얀 백마가 끄는 육두마차에 오른 이블린은 잠시 생각을 하는 듯하더니 마차의 안이 아닌 지붕 위로 올라갔다.

"성녀님, 위험합니다. 안으로……."

"아니에요. 로아의 축복을 기다리는 사람들에게 축원이라도 해주고 싶어요."

"하지만… 하아……."

성기사들은 성녀가 왜 저런 고집을 부리는지 몰랐지만 신의 이름을 드높일 수 있는 일이기에 마냥 반대할 수도 없었다.

"영주성인데 위험하지 않을 거예요. 그리고 호위하는 분들도 옆에 타면 되잖아요."

"끄응… 알겠습니다."

로아의 성기사 두 명이 이블린의 좌우로 올라탄 채 경호에
나섰다. 그때 앞쪽에 대기 중인 마차에 오르기 위해 알폰소
추기경이 그들을 지나쳐 갔다.

"알폰소 추기경님!"

"성녀님, 저를 찾으셨습니까?"

"네, 저랑 같이 신자들에게 축원의 기도를 해주시겠어요?
로하스 님의 추기경이신 알폰소 추기경님이 함께하면 저분들
에게 영원히 잊지 못할 기쁨일 거예요."

"허허… 저도 말입니까?"

알폰소 추기경은 미천한 평민들 따위에게 시간을 뺏기는
것이 별로 마음에 들지 않았다. 그러나 성녀가 은근한 눈빛으
로 계속해서 손을 내밀자 차마 거절하기도 어려웠다.

"그, 그렇게 하지요. 끄응……."

알폰소 추기경이 이블린 성녀의 옆으로 올라서자 기사단
장인 스토크 단장도 함께하려 했다.

"죄송하지만 단장님은 타실 수 없습니다. 성녀님의 옆에는
여성 제외하면 추기경 이상의 대신관님들만 서실 수 있습니
다."

"뭐라? 나 로하스의 종 스토크 엘로운이다."

"그래도 대신관은 아니시죠. 로아 교단의 율법에 어긋납니다."

여자들로 이루어진 성기사들의 제지에 스토크는 인상을 찌푸렸다. 계속해서 실랑이를 할 수도 없는 노릇이라 지붕에 올라선 알폰소 추기경을 바라보니, 그는 괜찮다며 손짓으로 물러날 것을 지시했다.

"추기경님의 보호에 최선을 다해야 할 거요."

"물론이에요. 그럼!"

스토크 단장은 원래 알폰소 추기경이 타기로 했던 마차에 매어진 말에 올라탔다. 모든 준비가 끝나자 스토크 단장은 선두로 말을 몰아 성기사들의 상태를 일일이 눈으로 확인했다. 이내 만족스러운 미소를 지은 그가 손을 들어 올렸다.

"출발한다! 경호에 만전을 기하라!"

성기사단장의 외침이 우렁차게 울리고 내성을 빠져나온 일행이 연도에 늘어선 사람들 사이를 천천히 이동했다.

'이제 오는군.'

이안은 간밤에 어떻게 하면 두 사람을 잘 납치할지 고민했다. 그러다 떠오른 것이 비행 원반을 이용한 납치였는데, 한 명이 정원인 비행 원반 두 개를 연결한다면 충분히 여자 두 명을 태울 수 있을 거라는 판단에서였다. 거기에 알폰소 추기경까지 더해지자 결국 세 개의 비행 원반을 연결해야만 했고,

결국 삼각형 모양의 이상한 비행기구가 탄생되었다.

'그 이계인의 기억 속에도 하늘을 나는 비행기라는 물체들이 있었지. 바람을 이용하여 더욱 빠르고 원활한 비행을 할 수 있는 그런 것들이⋯⋯.'

아티팩트들을 총동원하여 만들어낸 결정체가 지금 자신의 발밑에 있었다. 세 개의 비행 원반을 잇는 강철봉과 그 사이를 치밀하게 감싼 가죽들까지 더해져 훌륭한 이동 수단으로 재탄생했다. 물론 생긴 것은 이상한 도형을 연결한 것 같아 그다지 좋은 모양이 아니었다.

'아이린이 잘하고 있군.'

길가에 늘어선 사람들이 무릎을 꿇은 채 축원의 기도를 바라고, 그들에게 일일이 기도를 하며 신성력을 퍼붓는 아이린의 모습이 인상적이었다. 그리고 그 옆에서 마지못해 신성력을 사용하고 있는 알폰소 추기경의 얼굴엔 무척이나 힘들어하는 표정이 역력했다.

'성녀는 성녀인 모양이군.'

하얗고 성스러운 빛이 번쩍번쩍거리며 사람들에게 뿌려졌다. 그럴 때마다 사람들은 감격의 표정을 지으며 눈물을 흘렸다. 성녀의 행동 덕분에 마차는 무척 천천히 이동했고 성기사단은 최대한 마차에서 떨어져 백성들이 접근하지 못하도록 하는 것에 역점을 두고 있었다.

'스토크라고 했던가? 저자는 문제가 되지 않겠군.'

스토크 단장은 행렬의 선두에서 일행을 이끄는 역할을 수행 중이었다. 성을 빠져나가면 그 자리는 다른 성기사가 대신하고 편안하게 행렬의 중앙에서 이동할 것이었다. 하지만 지금은 보여주기 위한 대형인 탓에 근엄한 모습을 연출하고 있었다.

'좋았어. 조금만 더 오라고.'

석조 건물의 지붕에서 행렬이 오기를 기다리던 이안은 스토크가 지나가고 차례로 기사단이 지나가는 것을 지켜보았다. 그리고 행렬의 중앙에 위치한 아이린의 마차가 건물을 지나치자 비행 원반을 움직였다.

후웅! 휘류류류룽!

부드럽게 떠오른 비행 원반은 밤새도록 마법 각인을 하며 고생한 이안의 노력 덕분에 마치 원래 하나였던 것처럼 움직였다.

"간다!"

일부러 목소리를 높여서 아래로 쏘듯 내려간 이안의 움직임에 행렬은 비상이 걸렸다.

"저, 적이다!"

"막아라! 성녀님을 보호하라!"

로하스의 성기사들을 시작으로 로아의 성기사들까지 일제

히 이안을 막기 위해 분분히 몸을 날렸다. 그러나 당장 이안
에게 위협이 될 만한 존재들은 별로 없었다.

쉬릿! 콰직! 콰콰쾅!

몇 번의 검 놀림으로 세 명의 성기사들을 무력화시킨 이안
은 그대로 비행 원반을 돌진시키며 마차의 지붕을 향해서 쇄
도해 들어갔다.

"피, 피합시다."

알폰소 추기경은 괴한이 이상한 물체를 타고 날아오자 기
겁하여 몸을 피하려 했다. 그러나 그의 행동은 이내 갑옷 차
림의 아이린에게 저지당했다.

"잠시 실례하겠어요."

"뭐, 뭐하는 짓인가! 읍읍!"

갑자기 입을 막는 성기사들로 인해 알폰소 추기경은 발버
둥을 쳤지만 아무런 소용이 없었다.

"타시오!"

"아, 알았어요."

성녀로 위장하고 있던 이블린은 미리 언니로부터 이야기
를 들었지만 실감을 하지 못하고 있었다. 그러다 이상한 물체
를 타고 날아온 이안이 손을 내밀자 서둘러 그 손을 잡고 비
행체에 올라탔다.

"서둘러요. 어서!"

"네네!"

아이린까지 올라타자 알폰소 추기경은 덤으로 따라왔다. 모두가 비행 원반에 올라타자 이안은 우르르 몰려드는 성기사들을 피해 공중으로 날아올랐다.

"갑시다! 꽉 잡아요!"

"엄마야!"

"아아… 로아시여…….."

두 여인은 성호를 그어가며 비행 원반에 올라탄 무서움을 토로했다. 하지만 이내 순식간에 공중으로 솟구쳐 오른 비행 원반은 빠르게 성문을 넘어가기 시작했다.

"추격하라! 절대 놓쳐서는 안 된다!"

스토크는 자신이 멀리 떨어진 사이 이런 사태가 벌어지자 이를 바득바득 갈며 추격에 나섰다. 무게 때문인지 비행 원반은 그리 높지 않게 날아가고 있었다. 그는 목숨을 걸고 미친 듯이 그들을 추격해야만 할 것이었다.

'놓치면 끝장이다!'

스토크 단장은 말의 속도보다 1.5배 정도 빠르게 도망가는 괴물체를 미친 듯이 추격했다. 전마를 몰아 추격하던 단원들은 이미 뒤쪽으로 처진 상태였다. 그는 말에서 뛰어내려 단독으로 추격해 갔다.

"레이너 백작님, 저길 봐요."

아이린 자매는 비행 원반에 자리를 깔고 앉아 떨어지지 않으려고 최대한 납작 엎드려 있었다. 50미터 이상 공중에 뜬 채 날아가는 탓에 알폰소 추기경 역시 비슷한 모습이었다. 그런 상황에서 아래를 살피는 담력을 선보인 아이린 성녀가 뒤쪽을 가리키며 말했다.

"스토크 단장이에요. 엄청 빠르네요."

마스터의 육체적인 능력은 이미 인간의 범주를 벗어난 초인적인 능력이었다. 전마가 달리는 속도를 능가하는 스피드로 달려오는 스토크 단장은 결코 놓치지 않겠다는 의지를 불태우며 끝까지 추격해 올 태세였다.

"서, 설마 같은 편이란 말인가!"

납치된 이후로 입이 틀어막혀 있었다가 풀려난 알폰소 추기경은 잠자코 상황을 살피고 있었다. 그러다 아이린이 이안의 이름을 부르자 대번에 분노를 터뜨리며 물음을 던졌다.

"같은 편은 아니고."

"맞아요, 같은 편은 아니에요."

이안과 아이린이 동시에 같은 편이 아니라고 하자 알폰소 추기경은 두 남녀를 번갈아 손가락질하며 버럭 소리를 질렀다.

"신의 분노가 두렵지도 않은가! 어디서 거짓말로 나를 대하느냐!"

"미친놈이네."

"그러게요. 미친 거 같긴 했어요."

추기경인 알폰소가 신의 징벌을 운운하며 소리를 지르자 이안은 시크하게 미친놈 취급을 하며 비릿한 조소를 입가에 머금었다. 그의 반응에 아이린 역시 동조하며 고개를 살살 좌우로 저었다.

"이 저주받은 존재들아! 어서 나를 내려놓지 못하겠느냐!"

알폰소는 이대로 끌려갈 수는 없다는 생각에 독설을 섞어가며 손가락질을 했다.

퍼억!

"크윽… 가, 감히… 우웩!"

복부를 걷어찬 이안의 발길질에 추기경은 그대로 앞으로 숙인 채 고통에 몸부림을 쳤다. 그리고 부르르 떨리는 손길로 이안을 가리키며 입을 끔뻑거렸다. 그러나 더는 말을 하지 못하고 분노에 찬 눈빛만 흘릴 뿐이었다.

"죽이지는 않아. 살려는 드릴게."

싸늘한 눈빛에 찔끔한 알폰소 추기경은 눈앞의 남자가 소문으로만 들었던 그 락토르의 젊은 영웅임을 다시 떠올렸다. 로하스 교단의 추기경인 자신을 죽이지는 않는다고 말할 정도로 과격한 인물이라는 것을 기존의 정보에 더하며 입을 굳게 다물었다.

"이미 네놈들 로하스 신전이 로크 제국과 결탁했다는 것은 알아냈다. 특히 네놈이 크리스토퍼 대공의 사주를 받아 락토르에 말도 안 되는 누명을 씌우려 함도 알지."

"거짓말! 나는 결코 그런 적이 없다!"

"그래? 그럼 네놈이 믿는 신의 이름을 걸고 맹세해 봐. 신성력을 걸고 말이야."

"감히 무슨 망발을 하는 것이냐! 로하스 님은 그 어떤 걸로도 맹세하지 말라고 하셨다. 로하스 님의 사제인 내가 교리를 어길 성싶으냐."

로하스 교단의 교리에 인간은 미완성의 존재이기에 그 어떤 맹세도 하지 말라고 하는 구절이 있었다. 그것을 전가의 보도처럼 외쳐대는 것을 보면 참으로 웃기지도 않는 족속들이라는 생각이 들었다.

"네놈이 하는 말이 참이라면 못할 것도 없지 않나? 참, 그럴 때만 교리를 찾아요. 짐승만도 못한 새끼들이. 크크크!"

이안의 비웃음에 알폰소 추기경의 얼굴이 참혹하게 일그러졌다. 그러나 이안은 그런 것은 무시한 채 같은 편이 아니라는 것에 대해서만 이야기했다.

"이단 심판관을 네놈으로 바꾸기 위해 성녀를 죽이려 한다는 것을 알아냈지. 그래서 성녀를 직접 락토르의 왕성으로 모셔가려는 거다. 그 증인으로 네놈은 덤으로 끌고 가는 거고."

그렇게 말하며 이안은 비행체의 한쪽에 설치되어 있는 마법 수정구를 가리켰다. 그는 은은한 마나의 유동이 느껴지는 그 수정구를 알폰소 추기경에게 바짝 들이대며 말했다.

"아! 그리고 이건 네놈이 납치된 그 순간부터 모든 것을 마법 영상으로 저장하는 기구다. 네놈에게 그 어떤 위해도 가하지 않았다는 것을 증명하기 위한 거지."

"크윽……."

자신에게 그 어떤 위해도 가해지지 않았다는 것을 마법 영상으로 남기게 되면 나중에 그 어떤 야료를 부릴 수 없게 될 터였다. 이안이 흑마법사의 주구이고 성녀 또한 흑마법사에게 당했다는 식으로 몰아세울 수 있었는데 그것을 원천 봉쇄당한 것이었다.

'그 이계인의 기억은 정말 무궁무진한 보고야. 이 세상에서는 상상도 할 수 없는 기발한 것들이 너무나도 많으니 말이야.'

마법 수정구을 통해 모든 상황을 마법 영상으로 남긴다는 아이디어는 이계인의 기억에서 착안한 것이었다. 마법이 없지만 과학이라는 것으로 대체한 신기한 물건들 중에 영상을 기록하는 기술이 있었다. 그것으로 세상을 좌지우지할 수 있다는 것이 무척 감명 깊었었다.

"그나저나… 알폰소 추기경만으로는 살짝 부족한 거 같

고… 그래, 저자도 끌고 가야겠다."

이안은 미친 듯이 달려오는 스토크 단장을 내려다보며 입꼬리를 살짝 말아 올렸다. 같은 마스터라고 해도 성기사의 능력은 오러 마스터에 비하면 한 수 아래로 취급되는 것이 일반적이었다. 그러니 자신이 스토크 단장에게 질 이유도 없다는 자신감이 가득했다.

"계속 따라오라고. 목적지 바로 앞에서 해결해 줄 테니까. 후후!"

이안의 독백 같은 말을 들으며 알폰소 추기경은 등골이 서늘해졌다. 교국 최고의 검을 다투는 세 명의 마스터 중에 한 명인 스토크 단장을 비웃는 저 어린 청년으로 인해 자신들의 계획이 모두 일그러질 것 같다는 불길함이 그를 휘감았다.

"후욱! 후욱!"

점점 호흡이 격해지기 시작했다. 육체의 능력이 아무리 초인의 단계로 접어들었다고 해도 그 한계는 분명 존재했다. 전마의 1.5배에 달하는 속도로 1시간 넘게 달렸으니 호흡이 격해지는 것은 당연한 일이었다.

'어디냐… 어디로 간 거냐!'

스토크 단장은 숲으로 들어선 이후 도주하는 비행체를 따라잡지 못했다. 울창한 나무들이 막아선 탓에 잠깐 시야가 막힌 틈을 타고 비행체가 사라져 버린 것이었다.

"으음… 나를 부르는가?"

스토크 단장은 이내 한쪽에서 강렬한 기운이 느껴지는 것에 미간을 모았다. 분명 그 기운은 자신과 같은 마스터의 반열에 오른 자만이 발할 수 있는 크기의 기운이었다.

"가보면 알겠지."

입술을 지그시 깨물며 검을 뽑아 들었다. 그리고 기운이 느껴지는 곳을 향해 천천히 다가갔다. 가는 동안 신성력을 이용하여 온몸을 무겁게 만드는 피로를 몰아냈다.

"왔군요."

나직하지만 낭랑한 음성은 그 주인의 나이가 그리 많지 않다는 것을 알게 했다.

"나를 불렀나?"

"쫓아오지 못하더군요. 그러니 별수 없이 이렇게라도 불러야지요."

스토크 단장은 자신을 부른 존재가 젊은 청년이고 마스터의 반열에 오른 이라는 것만 알았다. 그는 청년의 뒤쪽에 서 있는 사람들, 알폰소 추기경을 비롯한 성녀 일행을 보며 물었다.

"추기경님과 성녀님은 무사한 거 같군. 그런데 나를 알던가?"

"저 추잡한 늙은이가 말해주더군요. 스토크 단장님이시라고."

"끄응… 추잡한 늙은이라……."

알폰소 추기경이 권력에 대한 욕심이 상당하다는 것은 그도 알고 있었다. 물론 자신도 그것에서 초월했다고 할 수는 없는 노릇이라 앓는 소리가 흘러나왔다.

"성녀님과는 이미 알고 있는 사이 같군. 저렇게 기다리고 있는 것을 보면 말이야."

"어제 처음 봤죠. 당신들의 계획을 이야기하고 협조를 구했더니 이미 알고 계시더군요."

"으음……."

자신들이 성녀 일행을 제거할 거라는 것을 미리 알고 있었다고 하니 스토크의 마음이 묵직해졌다. 자신도 교황의 명령을 받아 이 자리에 왔지만 결코 내키는 명령은 아니었다. 하지만 주신인 로하스가 하위 신인 로아에게 밀려서는 안 된다는 어긋난 믿음이 그로 하여금 이 자리에 서게 만들었다.

"뭐 어찌 되었든 상관없지. 아니, 오히려 잘됐다고 해야겠군. 네놈을 베고 원래 계획대로 진행하면 그만이니까. 그리고 모든 죄는 네놈이 지고 가면 되는 거지."

"괜찮네요. 납치된 성녀와 추기경… 추기경은 구했지만 성녀는 끝내 납치범에 의해서 죽다, 뭐 이런 이야기가 되겠군요."

"알았으면 그만 검을 뽑아라."

"뭐 계획대로 되지 않는 것이 인생사더라고요. 그걸 알려드리죠. 그럼!"

이안은 검을 뽑아 들고 천천히 스토크 단장을 겨눴다. 푸른 오러가 불길처럼 일어나고 그가 서 있는 공간이 그가 퍼트린 기운에 의해서 잠식되어 갔다.

"대단한 기운이로구나. 하지만 기운이 전부는 아니지. 간다!"

스토크 단장은 이안의 기세가 자신에 못지않다는 것을 느꼈다. 하지만 오랜 세월 동안 검을 수련해 온 자신의 연륜을 이겨내지는 못할 거라 자신했다. 마스터가 된 지 20년, 그 오랜 세월의 무게가 실린 검술을 애송이에 불과한 이안이 막아내지는 못할 것이었다.

쉬릿! 쉬쉿!

좌우로 파도가 몰아치듯 백광이 공간을 가르며 날아들었다. 강맹한 힘을 바탕으로 성력이 오러로 화한 그 공격은 이안의 눈을 흘리듯이 빠르고 강력하게 치고 들어왔다.

'중검술에 속도를 가미했다? 재미있군.'

중검술을 바탕으로 한 검사는 속도가 조금은 느린 편에 속했다. 그러나 스토크 단장의 검술은 두 가지를 한꺼번에 잡았다는 느낌이 들 정도로 빠르고 강맹했다.

"좋군요."

이안은 물러서지 않고 그 속도와 힘을 이겨내며 자신의 검술을 펼쳤다. 낭창낭창 휘어지는 오러 소드가 연달아 허공에서 부딪치며 스토크의 검을 밀어냈다. 부딪치는 힘을 이용하여 반회전하며 아래를 쓸어내고, 머리를 쪼개오는 검을 피해 사선으로 치고 나가며 옆구리를 베어갔다.

'어린놈이 무슨……'

스토크 단장은 자신의 공격이 먹히지 않는 것에 적이 당황했다. 수십 년 검을 수련한 자신의 세월이 부정당하는 느낌이었다.

"으득! 이것도 받아보거라! 크앗!"

스토크 단장은 자신이 방패까지 사용하게 될 줄은 몰랐다. 하지만 검술에서 우위를 차지하지 못하고 기이한 변화를 보이는 이안의 검에 번번이 밀려나자 방패를 왼손에 들고 오러를 불어넣었다.

우웅! 슈악! 홍홍!

방패가 두 배로 불어나며, 방어 수단이 아닌 무기가 되어 이안의 전신을 노리고 쏟아져 들어갔다. 방패 치기와 밀기 등의 수단이 모두 공격 수단이 되었고, 공수를 완벽하게 하나로 만들어 버리는 성기사만의 전투법이 유감없이 펼쳐졌다.

"방패 하나 들었다고 이리 바뀌다니… 놀랍군요."

이안은 방패로 인해 공격이 어려워지는 것을 느끼고 성기사로서 자신의 능력을 최대한 활용하는 스토크 단장의 검술에 경의를 표했다. 어떻게 보면 반칙이라고 해도 무방할 검술이지만 그것도 또한 하나의 병기술이기에 폄하할 생각은 추호도 없었다.

'그 마족의 공격법… 그것을 나만의 것으로 소화할 수 있다면… 누구든 벨 수 있으련만……'

이안은 공간 이동으로 동에 번쩍, 서에 번쩍 하며 몰아치던 마족의 공격법을 떠올렸다. 그의 방법이라면 저렇게 오러의 방패로 전신을 가리고 짧게 짧게 찌르기로 대응하는 스토크 같은 자를 무력화시킬 수 있을 것이었다.

'해보자… 마나를 한번에 폭발시켜서 움직인다면… 가능할지도 모른다.'

이안은 스토크의 반격이 그리 무섭지 않았기에 지금이 적기라고 판단했다.

후웅! 스팟!

순간적으로 마나를 폭발시켜서 스토크 단장의 옆을 치고 나갔다.

"헙!"

이안이 몇 배는 증가한 속도로 갑자기 옆으로 스치듯이 지나가는 것에 스토크 단장은 기겁을 했다. 그러나 방패로 몸을 방어하며 역공을 할 수 있을 정도는 되었다.

'조금 모자랐나?'

이안은 반격으로 가해지는 사선 베기를 흘리며 몸을 회전 시켜 다시 정면으로 마주 보는 자세를 취했다.

"다시 한 번!"

죽기 아니면 살기라는 각오로 정신을 집중했다. 오직 하나 의 길, 그것을 향해 마나 운용마저 극단적인 변화를 주며 길 을 만들어 냈다. 그리고 마지막이라는 심정으로 마나를 폭발 시켰다.

파앙! 스팟!

스토크는 미친놈처럼 이리 뛰고 저리 뛰는 이안의 괴이한 움직임에 많이 당해야 했다. 패턴을 무시하는 그 움직임은 변 칙성이라는 점 때문에 종잡을 수 없었던 것이다.

하지만 이제 그 움직임이 일직선으로 빠르게 치고 나오는 것으로 단순화되고 있는 것에 회심의 미소를 짓고 있었다. 한 번만 더 빠르게 치고 나오면 그대로 자신의 노림수에 당하게 될 것이라 여겼다.

"온다!"

몸을 공중으로 띄우며 방패로 방어한 스토크는 이안이 치 고 나오는 위치에 마지막 일검을 후려쳤다. 그는 자신의 속도를 이기지 못하고 그 검에 베이게 될 것이었다.

"헉… 어, 어떻게……."

스토크 단장은 이안이 남긴 잔상이 느릿하게 밀려오는 것을 보았다. 그래서 검으로 베어낼 수 있다고 여겼지만, 어찌 된 일인지 뒤쪽에서 강하게 느껴지는 진득한 고통에 부르르 몸을 떨어야 했다.

"편히 쉬시죠. 락토르 왕국으로 모실 테니. 후우… 후우……."

숨을 몰아쉬며 은은한 미소를 짓고 있는 이안의 얼굴을 본 것을 끝으로 스토크 단장은 그대로 무너져 내렸다. 죽지는 않았지만 그것이 더 낫다 생각될 만큼 어이없는 패배를 당한 것이었다.

6장

끝장을 보자는 거군?

공간 이동을 하듯이 거리를 축약시켜서 뛰어넘는 그 움직임은 아직 완성되었다고 보기 어려웠다. 마나의 소모가 너무 극심해서 적을 죽이지 못한다면 당하는 것은 오히려 자신이 될 것이기 때문이었다.

'운이 좋았다. 마나 소모를 줄이는 방법을 연구해야 해. 그럼 정말… 비장의 수가 될 거 같으니.'

이안은 고개를 찬찬히 끄덕거리며 쓰러진 스토크 단장을 들쳐 맸다. 그리고 자신의 싸움을 지켜보고 있던 세 사람에게로 다가갔다.

"와! 정말 대단하네요. 마지막의 그 움직임은 어떻게 한 건 가요? 마법을 쓴 거 같지는 않고."

물어보는 이는 이블린으로, 그녀는 성녀인 아이린과는 다르게 성기사로 검을 수련한 사람이었다. 실력도 상당히 좋아서 그 나이 때의 검사들 중에서는 최상위권에 속할 실력이었다.

"비밀. 아직 나도 완벽하게 만들어낸 것은 아니라서."

"아… 마, 만들어요? 헐……."

이블린은 괴물을 쳐다보듯이 이안의 얼굴을 다시 쳐다보았다. 아무리 봐도 젊고 잘생기기는 했지만 괴물이라는 생각이 들지 않는 평범한 외모였다. 그런데 저런 괴물이나 사용함직한 것을 만들어낸다고 하니 믿어지지 않는 것이었다.

"시간이 없으니 바로 가죠."

"네, 어서 가요."

아이린은 이안이 비행체에 또 한 명을 태우자 별수 없이 이안과 밀착해야 했다. 안 그래도 좁은데 축 늘어져서 공간을 더 차지하는 스토크 단장 덕분에 앞쪽에 위치한 이안의 등을 껴안는 식이 되어버렸다.

"너무 좁아요."

"미안합니다. 조금만 가면 되니까 참으시길."

성녀인 아이린이 뒤에서 허그를 해주는 것은 기분 좋은 일이지만 불편하게 만든 것에 대해서는 미안한 마음이었다. 비행 원반의 마나를 거의 풀로 돌려서 비공정이 숨겨진 곳으로 날아가는 것으로 그 미안함을 대신했다.

"도착했습니다."

5분도 걸리지 않아서 비공정이 숨겨진 곳에 도착한 이안은 서서히 비행 원반을 착륙시켰다.

"위험!"

뒤에서 아이린을 보호하는 것에 주력하던 이블린이 갑작스러운 외침을 토하며 검을 뽑아 들었다.

"아! 우리 편입니다."

"주이인!"

나무를 뛰어넘어 가며 날아온 에일리의 육탄 돌격에 이안은 서둘러 그녀를 받아 들었다.

"응? 이 여자들 누구?"

에일리는 이안의 등을 껴안고 있는 아이린을 발견하고 경계심이 가득한 음성을 토했다. 눈빛 역시 당장이라도 공격할 것 같은 공격성이 엿보였다.

"성녀님이야."

"성녀님? 우웅… 그렇구나. 근데 왜 주인님을 안고 있어?"

에일리의 경계심이 발동한 이유가 성녀인 아이린이 자신의 등을 안고 있다는 것에 있음을 알게 된 이안은 쓴웃음을 흘렸다. 수인족이라고 해도 자신이 세상의 전부라고 생각하는 에일리였다. 그러니 다른 여자가 그의 옆에 있는 것은 하늘이 무너지는 일이라 생각할 것이 분명했다.

"비행 원반이 좁아서 그래. 그러니까 오해는 하지 말고. 알았지?"

"우웅… 그렇구나… 주인님이 말한다면 그게 맞겠지."

떨떠름한 눈빛으로 이안의 전신을 훑어본 에일리는 이내 토라진 모습으로 비공정으로 돌아갔다.

"에휴… 갑시다."

"그, 그래요."

성녀 일행은 에일리의 행동에 괜히 죄지은 사람처럼 비공정으로 올랐다.

"락토르 왕국에도 비공정이 있었어요?"

상대적으로 작기는 해도 비공정은 마도 문명의 집합체라고 할 수 있었다.

"락토르 왕국의 것이 아니라 내 소유의 비공정입니다."

"그게 그거 아니에요?"

"글쎄요. 그건 아닌 거 같군요."

이안은 자신의 소유가 락토르의 소유가 된다는 논리는 거절하고 싶었다. 비록 지금 자신이 락토르를 위해서 싸우고 있지만, 굳이 따진다면 자신의 것을 보호하기 위함이 가장 컸으니 말이다.

"부대 차렷!"

성녀를 데리고 이안이 돌아온다는 소식이 알려진 탓인지 독립여단의 주둔지에는 비공정이 내려앉는 곳에 경계 병력을 제외한 거의 대부분의 병력이 집결해 있었다. 성녀에게 조금이라도 좋은 인상을 주어야 하기 때문인지 오와 열을 칼같이 맞추고 군기가 바짝 든 모습을 연출하고 있었다.

"성녀님께 군례!"

"추웅!"

우렁차다 못해 산맥이 들썩거릴 정도로 거센 함성이 울려 퍼졌다. 그런 군례를 받으며 비공정에서 내려선 아이린은 놀라움이 가득한 눈망울로 병사들에게 손을 흔들며 화답했다.

"와아… 정말 대단해요."

이렇게 군기가 바짝 든 모습은 그녀의 인생을 통틀어서 처음이었다. 성기사들도 예의와 격식을 갖추는 것을 좋아하지만 이 정도는 아니었던 것이다.

"여신의 축복이 함께하기를… 여신의 축복……."

좌우로 도열한 병사들에게 여신의 축복을 빌어주며 사열을 마친 아이린은 맨 끝에 모여 있는 아레스 왕자 일행을 만날 수 있었다.

"성녀님의 방문을 환영합니다."

"로아 님의 축복이 함께하시길."

아이린은 아레스 왕자가 가볍게 무릎을 꿇으며 손등에 입을 맞추자 축언으로 화답했다.

"제가 에스코트하겠습니다, 성녀님."

아레스 왕자가 에스코트하겠다는 말을 하자 성녀는 살짝 뒤를 돌아봤지만 이안은 그 눈길을 피했다. 왕자의 청을 거절하고 자신에게 에스코트를 바란다면 자칫 오해를 살 소지가 다분했으니 말이다.

"부탁드려요."

"하하! 가시죠."

아레스 왕자는 눈이 부시게 만드는 아이린의 아름다움에 완전히 취해 버렸다. 이전과는 다르게 면사도 하지 않은 아이린의 얼굴은 신이 빚은 조각이라고 할 정도로 미의 극치를 자랑했다. 윤기가 흐르는 이마는 도톰하게 튀어나왔고 진하지만 과하지 않은 눈썹은 곡선을 그리듯이 휘어졌다.

그리고 호수 같은 눈망울은 에메랄드빛으로 물들어 있었고 오똑 솟은 콧대와 균형 잡힌 콧날은 예술이라고 해야 할 정도였다. 그리고 마지막 화룡점정은 깊게 패인 인중과 도톰한 입술의 조화였다. 그 모든 것이 어우러졌고 한 손으로 가려질 만큼 작은 얼굴의 크기 또한 황금 비율이 되어 그녀의 아름다움을 극으로 치닫게 만들었다.

"위험해……."

이안은 아레스 왕자가 성녀의 손을 받친 채 걸어가는 모습을 보며 이블린이 흘리는 소리에 입꼬리를 말았다.

'너무 예쁘니까 남자라면… 슬픈 짐승이라고 해야 할까?'

아이린은 성녀여서 그런지 아름다움 외에도 성스러움이 자연스럽게 흘러나왔다. 그 덕분에 남자라면 누구라도 그 아름다움에 취해 욕망이 극대화될 것이었다.

"이안!"

"응? 나 없는 동안 무슨 일은 없었지?"

이안은 안드레아가 뒤로 다가와 부르자 궁금했던 것을 물었다. 시간상으로 그리 오래되지는 않았지만 전황이라는 것이 하루가 다르게 변할 수 있으니 그것이 궁금한 것이었다.

"아무래도 윈터폴 요새로 출군해야 할 거 같다."

"윈터폴 요새? 전황이 어려운가?"

2군단의 남은 병력이 모두 몰려가 있는 곳이 윈터폴 요새였다. 그렇다고 해도 남은 병력은 7만 정도였고 그 병력으로 다아크 공작군과 크리스토퍼 대공이 몰고 온 병력을 상대하기는 무리가 있었다. 적은 20만이 넘는 대병력으로 그 숫자가 점점 30만을 향해 빠르게 불어나고 있는 추세였다.

"체이스 제국군이 북쪽 국경에 집결해서 곧 남하한다고는 하더라만… 아직 그들이 온 것이 아니라서 크리스토퍼 대공이 그 전에 윈터폴 요새를 빼앗을 생각인가 보더라고."

체이스 제국군이 국경을 넘기 전에 2군단과 독립여단을 끝장내는 것이 크리스토퍼 대공의 전략으로 봐야 했다. 그렇게 되면 체이스 제국군은 국경을 넘기도 전에 그 명분을 잃게 될 것이니 말이다.

"체이스 놈들은 너무 늦장 부리는 거 아냐?"

마음이 조금 답답해서 애먼 체이스 제국에 분통을 터뜨렸다. 그러나 체이스 입장에서는 늦추면 늦출수록 이득인 상황이니 저렇게 늦장 대응을 하는 것이 당연한 거였다.

"하아! 어쩔 수 없는 일이겠지. 우리끼리 치고받아서 전력이 모두 소진될수록 체이스는 흘릴 피를 줄일 수 있으니까."

"그래도 아쉬운 건 어쩔 수 없잖냐. 쩝……."

"뭐 보란 듯이 이겨내야지. 그래야 체이스 놈들이 땅을 치고 후회하지."

늦장을 부리며 원군 파병을 늦췄을 때 락토르가 승기를 잡는다면 가장 우스꽝스러워지는 것이 체이스 제국이었다. 그렇게 될 경우 체이스는 입만 산 놈들이라는 비아냥을 들어야 할 것이었다.

"아 참!"

"웅? 또 뭐가 있어?"

"듀프리가 날아왔는데 네 부하라고 하던데 말이야."

"아! 그런 일이 있었어. 무슨 내용이었냐?"

"기사급 전력 1천 명에 병력이 1만 정도가 숨어 있단다. 아무래도 우리가 요새를 비울 때를 노리는 거 같다."

이안은 특작부대를 소규모로 이동시키며 정보를 차단하고 독립여단의 주둔지 아래로 이동시켰다는 것에 쓴웃음이 지어졌다. 저들이 노리는 것은 독립여단의 주둔지, 정확하게 말해서 드워프 마을을 점령하는 것이 분명했다. 아마 윈터폴 요새를 전면적으로 공격하는 이면에는 자신들을 그쪽으로 끌어들이기 위한 연막작전일 가능성도 절반쯤은 담겨져 있을 것이었다.

'비행 원반을 더 만들어야겠어. 하늘에 잔뜩 깔아놔야 안심이 되지.'

지난번 침입 때 도움이 됐던 비행 원반을 이용한 감시망이었다. 비록 미리 알고 있었기에 쉽게 잡아낼 수 있었지만 그 유용함은 증명되지 않았던가. 적어도 30개 이상의 감시용 비행 원반을 제작한다면 헬카이드 산맥 주변은 개미 새끼가 아닌 이상 이안의 눈을 피하지 못할 것이었다.

'이제 정말 헥토르 후작이 다시 등장할 시간이 됐군.'

윈터폴 요새를 공격하는 이면에는 독립여단이 요새를 비우도록 유도하는 것이 분명했다. 전력의 대부분을 이동시키고 최소한의 병력만 남게 된다면 숨겨둔 적들이 독립여단의 주둔지와 드워프 마을을 공격할 것이고 말이다.

'왕자와 이야기를 해야겠어. 헥토르 후작과 함께……'

이실리스 후작이 합류한 덕분에 아레스 왕자는 거의 모든 것을 그와 의논하고 있었다. 독립여단의 주인은 이안이었지 만 그 외에 처리해야 할 문제들은 이실리스 후작이 주도한다 고 보면 맞을 것이었다.

'그래도 그는 현명한 사람이니까.'

마법에 미친 사람이기는 했어도 마도사에 오를 정도로 지 혜로운 사람이기도 했다. 그 덕분에 무난하게 아레스 왕자가 정국을 주도해 나가기 시작할 수 있었다.

"나는 잠시 헬카이드 산맥에 들어갔다 오마."

"헬카이드 산맥으로? 바로 가려고?"

"해야 할 일이 생겼다. 윈터폴 요새로 떠나기 전에 일을 마 무리해야만 하니까."

"헥토르 후작을 불러들일 생각이구나."

"우리가 모두 떠났다고 생각하고 올 놈들을 후작에게 맡겨 야지. 그 수밖에 없으니까 말이야."

"딴은 그렇다. 그럼 다녀와서 보자."

"그래, 뒷일을 부탁하마."

이안이 뒤로 빠지며 도로 비공정으로 향하자 뒤를 따라 오 던 에일리와 수인족 가디언들이 일제히 방향을 틀었다. 비공

정을 운용하는 일은 이제 수인족들이 전담한다고 봐도 무방
할 정도가 되어버렸다.

"비공정을 출발시키도록!"

"헤에! 날아라!"

에일리는 수인족 전사들을 손짓으로 통제하며 비행 준비
를 마쳤다. 그리고 신이 나서 '날아라'를 외치며 비공정을 공
중으로 부양시켰다.

"아우우우!"

하늘을 날 때마다 에일리는 뭔가 쓰인 것처럼 홍분된 모습
을 보였다. 바람을 가르며 날아가는 쾌감이 주는 홍분인지 아
니면 억눌린 무언가가 자유롭게 되는 기분을 만끽하는 것인
지는 모를 일이었다.

"어멋! 어디 가요?"

아레스 왕자의 에스코트를 받으며 독립여단의 건물로 향
하던 아이린과 이블린 자매는 이안이 비공정을 몰아서 어디
론가 향하자 뾰족한 외침을 토했다. 자신들만 버려두고 가버
린 것에 무척이나 당황해하는 모습이었다.

"곧 돌아옵니다. 그럼!"

이안이 낭랑한 음성을 남기고 비공정 위에서 경례를 한 후
사라져 버렸다. 꿰다 놓은 보릿자루처럼 멍하니 서 있던 아
이린은 울상을 지은 채 아레스 왕자를 따라 안으로 들어가야

했다.

쾅앙!

"지금 저자가 왜 이곳에 있는 것인가!"

버럭 소리를 지른 아레스 왕자는 한 사람을 가리키며 분기를 폭발시켰다. 그의 눈앞에는 뻔뻔하다고 할 정도로 여유로운 헥토르 후작이 팔짱을 낀 채 서 있었다.

"진정하십시오."

"내가 지금 진정하게 생겼나! 저 반역자 때문에 지금 이 나라가 이 모양이 됐는데."

아레스 왕자는 락토르 왕국이 지금 이 꼴이 난 것이 왕실, 아니, 국왕의 잘못이 아니라 헥토르 후작에게 있다고 억지를 부리고 있었다. 그도 부친의 잘못이라는 것을 알고 있지만 화풀이를 할 대상이 헥토르 후작이었을 뿐이었다.

"레이너 백작."

"말씀하십시오."

"말이 다 된 것이 아니었던가?"

헥토르 후작은 어느 정도 말이 됐을 거라 생각하고 왔다. 그런데 아레스 왕자가 분기탱천해서 소리를 지르는 것을 보니 자신의 생각과는 전혀 다른 상황임을 알 수 있었다.

"말을 하기보다 직접 대면하는 것이 낫다고 판단했습니다.

아무리 제가 설득을 한다고 해도 후작님이 직접 이야기하는 편이 나을 거 같았거든요."

"끄응… 이거야 원……."

헥토르 후작은 비릿한 조소를 머금은 채 아레스 왕자를 노려보았다.

"왕자님!"

"감히 반역자가 무슨 할 말이 있다고! 기사들은 뭐하는가! 안으로 들어오라!"

아레스 왕자는 헥토르의 말을 들어볼 생각도 하지 않고 잡아서 치죄를 할 생각으로 밖에 있을 근위기사들을 불렀다.

"소용없습니다. 아무 소리도 밖에 들리지 않을 겁니다."

"레이너 백작!"

아레스 왕자는 이안마저 자신의 편이 아니라는 생각이 들자 더욱 화가 치미는지 목소리를 높였다.

"진정하십시오. 저하."

이제껏 조용히 지켜보기만 하던 이실리스 후작이 그제야 나섰다. 그는 헥토르 후작과 이안의 사이에 무슨 커넥션이 있는지 그것을 유추하느라 지금까지 가만히 있었다. 그리고 어느 정도 정리가 됐는지 고개를 끄덕이며 중재 역할을 하기 위해 나섰다.

"레이너 백작의 말대로 조금 진정하시지요."

"후작님! 하지만… 하아……."

이실리스 후작에게까지 화를 낼 수는 없었는지 아레스 왕자는 못마땅하다는 뉘앙스가 깃든, 답답함을 토로하는 외침을 마지막으로 입을 다물어 버렸다.

"오랜만이오, 헥토르 후작."

"5년만이군요. 잘 지내고 계신 거 같아 다행입니다."

이실리스 후작은 왕실 마탑의 탑주로 반백 년에 가까운 세월을 지내 온 이였다. 그 이전의 삶까지 합한다면 헥토르 후작의 배가 넘는 인생을 살아왔으니 그에 합당한 대우를 해주어야 했다.

"지금 상황에 다른 말은 필요치 않을 거 같고, 한 가지만 묻지. 어떻게 해주기를 원하는가?"

이실리스 후작은 헥토르 후작의 능력을 잘 알고 있었다. 이안에 의해서 패하기는 했지만 그 이전까지만 해도 락토르 왕국을 지탱하는 최강의 검이었고 마지막 보루로 불리던 이였다. 그러니 그가 다시 왕실에 충성을 한다면 그보다 더 좋을 수는 없었다.

"후작님도 아실 겁니다. 다아크 공작에게 놀아난 국왕 덕분에 내가 반란을 일으켜야 했다는 것을."

"그건… 인정하네."

"후작님!"

아레스 왕자는 왕실의 치부라고 할 수 있는 그것을 인정해 버리는 이실리스 후작에게 당혹 어린 음성을 토했다. 그러나 한 손을 들어 왕자를 제지한 이실리스 후작이 말을 이었다.

"인정할 것은 인정해야 합니다. 국왕 전하의 실정으로 인해 벌어진 일이었다는 것을 말입니다."

"하지만 아무리 그렇다고 해도 신하가 국왕에게 검을 들이댔던 반역입니다. 그것은 절대 용서받을 수 없는 문제입니다."

아레스 왕자는 반역에 대해서는 절대 용서할 수 없다는 식으로 일갈을 날렸다.

"크크크! 그럼 나 없이 잘 해보시든가. 왕국이 망하면 그때 나와서 크리스토퍼 대공에게 투항하면 되겠군. 하하하하!"

헥토르 후작이 이죽거리며 아레스 왕자의 부아를 치밀게 만들었다. 그러나 발작하려고 하던 왕자는 헥토르 후작의 말에 입술을 꾹 다물었다. 왕국의 멸망을 입에 담는 순간, 자신이 갑의 위치가 아닌 을의 위치라는 것을 알았기 때문이었다.

"내가 비록 산맥에 처박혀 있지만 이거 하나는 압니다. 지금 상황이 락토르에 그리 좋지만은 않다는 것이죠. 체이스 제국의 원군이 준비되고 있다지만 그들이 바로 넘어올 거 같지는 않고… 안 그렇습니까?"

"끄응… 원하는 바가 뭔가?"

"사면입니다. 무조건적인 사면. 그리고 왕실의 사과는 받아야겠습니다."

사면을 요구하는 것은 당연한 거라 할 수 있었다. 하지만 마지막 사과라는 것은 또 다른 문제였다. 왕실의 잘못이라고 하는 것은 누구나 알지만, 그것을 인정한다면 그때는 헥토르 후작이 입은 손해를 모두 왕실에서 배상해 줘야 했다. 그리고 자존심이라는 것이 걸려 있으니 그것을 인정하지 않으려 할 것이 분명했다.

"뭐요? 사과? 난 인정할 수 없소!"

아레스 왕자는 사과까지 하라고 하는 요구에 발끈했다. 비록 잘못은 했지만 그것을 절대 인정할 수는 없었기 때문이었다. 괘씸한 놈에게 죄를 묻지는 못할망정 잘못했다고 하기에는 자존심이 너무 상한다고 해야 할까?

"왕자님!"

이안은 세 사람이 하는 말들을 그냥 듣기만 하다가 이쯤에서 나서는 것이 낫겠다는 판단에 입을 열었다.

"말하시오."

"지금 상황에서 헥토르 후작님의 군대가 참전하지 않으면 우리는 둘 중에 하나를 포기해야 합니다."

"둘 중에 하나? 무엇을 말이오?"

"윈터폴 요새와 2군단을 포기하든가. 아니면 이 독립여단의 주둔지와 드워프 마을을 포기해야 합니다."

이안의 말에 사태의 심각성을 조금 깨달았는지 아레스 왕자의 얼굴이 똥 씹은 표정이 되어갔다. 둘 모두 포기할 수 없는 중요한 것들이기 때문이었다.

2군단을 포기하면 왕실이 가진 거의 대부분의 힘을 날리는 것이다. 그리고 드워프 마을과 독립여단을 포기하면 체이스 제국이 굳이 원군을 보낼 이유도 사라진다. 진퇴양난이라는 말이 이럴 때 쓰는 말이라는 것을 떠올린 아레스 왕자는 입술을 자근자근 씹으며 울분을 참아야 했다.

"어느 것 하나 지금 상황에서는 포기할 수 없는 것들입니다. 그렇지 않습니까?"

"하아… 내가 어떻게 하길 바라는 거요?"

아레스 왕자가 한숨을 내쉬며 묻는 것에, 이안은 그가 드디어 자존심을 꺾기로 했음을 알 수 있었다.

"모든 것은 왕실과 국왕 전하를 속인 다아크 공작의 잘못입니다. 그러니 그에게 속아서 충신에게 잘못을 했다는 사과를 하시면 자존심은 크게 상하지 않으실 겁니다. 그리고……."

"그리고?"

"헥토르 후작님도 어찌 되었든 반역을 일으킨 것이니 그에 대한 사죄를 하십시오. 그리고 사면을 해준 왕실의 은혜에 보답하기 위해 필사적으로 싸운다는 성명을 발표하십시오."

이안의 중재에 이실리스 후작은 빙그레 미소를 지으며 고개를 끄덕거렸다. 양쪽이 서로 잘못을 했다고 시인하고 서로 잘해보자는 발표를 하는 것으로 봉합하자는 이야기였다. 그것이 지금으로서는 최선의 선택이었고, 서로의 자존심을 조금씩 꺾고 대승적인 결정을 했음을 알리는 것이었다. 그리고 그 선택이야말로 서로의 마지막 자존심을 지키는 방법이기도 했다.

"어떻습니까?"

"으음……."

"흐음! 난 그렇게 한다면 따르기로 하지."

헥토르 후작은 그 정도로 자신과 부하들의 사면이 이루어진다면 만족하기로 했다. 물론 그렇게 됐을 때 일어날 복잡한 일들은 전쟁이 끝난 이후에 마무리 지으면 그만이라는 판단이었다.

"후우… 백작의 조언을 받아들이겠소."

아레스 왕자의 항복 선언과도 같은 승낙이었다. 그는 자신이 할 수 있는 일이 아무것도 없다는 것에 답답함을 느끼는지 표정이 상당히 굳어 있었다.

"그럼 그렇게 알고 준비하도록 하겠습니다."

"그렇게 하시오."

아레스 왕자는 그렇게 말하며 쉬고 싶다는 듯이 자리를 떴다. 그러자 이실리스 후작은 헥토르 후작에게 다가와 손을 내밀었다.

"이제 다시 같은 편이 됐구먼."

"이게 모두 다아크 공작… 그 개자식 때문입니다."

"뭐 돌아가는 판을 보니 그자의 최후도 그리 멀지 않은 듯 싶은데 말일세."

이실리스 후작은 윈터폴 요새를 공격하는 크리스토퍼 대공과 다아크 공작군의 공격을 막아내면 상황은 락토르에게 유리하다는 판단을 했다. 그곳에서 이긴다면 체이스 제국은 서둘러서 군대를 파병할 것이고 이단 심판관으로 온 성녀 일행의 판결이 이루어질 것이니 말이었다.

"오늘 밤 술이나 한잔하시죠."

"그러세. 나도 오늘 밤은 취하고 싶구먼. 허허허!"

오랜만에 만난 두 사람은 했어야 할 이야기도 많았고 해야 할 이야기는 더욱더 많은 사이였다. 다아크 공작의 편으로 돌아선 수많은 귀족들과 락토르의 기둥이라고 불리던 이들 덕분에 두 사람만이 남은 셈이라 더욱 그러했다.

따땅! 땅땅!

묵직하지만 청아한 쇳소리가 울려 퍼지는 곳으로 들어선

이안은 기쁜 얼굴로 자신의 이름을 부르는 이들에게 고개를 숙였다.

"오! 우리의 친구 이안이 아닌가!"

"어서 오라고!"

드워프 장인들은 쉼 없이 일하느라 고생했던 흔적을 고스란히 얼굴에 드러냈다. 두툼한 살집이 쭉 빠지고 홀쭉해진 볼이 그 증거였다.

"고생들이 많으시네요."

"하하하! 이 정도야 끄떡없네. 우리 일족의 은인인 자네를 위해서라면 이 정도는 웃으며 할 수 있지."

"맞는 말일세. 하지만 나중에 한턱 단단히 내야 할 게야."

"물론이죠. 열턱이라도 내겠습니다. 후후!"

이안은 그렇게 반기면서도 망치질을 쉬지 않는 드워프들에게 진심으로 고마움을 느꼈다. 그들은 잠도 잊어가며 마동포와 샤베른을 만들었고 병사들이 사용할 연사 석궁까지 만들어냈다. 그 덕분에 지금 샤베른은 100여 기가 넘는 숫자로 늘어났고 마동포는 300문에 이르렀다.

"족장님은 안에 계시죠?"

"들어가 보게. 그 인간 마법사도 같이 있으니 말이야."

"아… 알겠습니다. 그럼!"

이안은 드워프 장인들에게 인사한 후 용광로가 있는 곳을 지나쳐 족장의 공방으로 들어섰다.

쿠웅! 쿠쿵! 쿠쿠쿵!

"오오! 된다, 돼!"

"이거 정말 엄청나군요. 하하하!"

안에서 들려오는 마나 코어의 구동음과 화통한 웃음소리에 이안은 절로 미소가 입가에 걸렸다. 아이언핸드와 로이건 자작은 새로운 마나 코어를 실험하며 그 성공에 기뻐하고 있었다.

'마나 코어를 새로 만들었나 보군.'

샤베른의 솔저급 마나 코어보다 진일보한 마나 코어를 개발했다는 이야기는 전에 들었었다. 개발과 그것을 실전에 적용시키는 문제는 또 다른 문제였기에 잊고 지냈었는데, 저들의 웃음소리를 들으니 성공했다는 것을 알 수 있었다.

"뭐가 그리 즐거우십니까?"

이안이 안으로 들어서자 로이건 자작과 아이언핸드는 깜짝 놀라며 이안을 반겼다.

"어서 오게."

"오셨습니까, 주군!"

로이건 자작은 이안을 반기다 조금 이질적인 것을 느꼈는지 눈을 동그랗게 떴다.

"주군, 혹시?"

"맞습니다. 7서클의 반열에 올랐습니다."

"오오! 경하드립니다."

로이건은 이안이 7서클에 올랐다는 말에 그 누구보다 기뻐했다. 자신도 그렇지만 7서클을 이룬 이안이 함께라면 새로운 마탑, 프록시나 레이첼의 학파를 세상에 확고히 할 수 있을 것이기 때문이었다.

"저겁니까? 새롭게 만든 마나 코어가?"

"하하! 더블 마나 코어로 출력 1.97의 나이트급 마나 코어입니다."

"나이트급이라… 대단하군요."

로이건 자작은 나이트급의 마나 코어를 만들어냈다는 자부심으로 어깨에 힘을 단단히 줬다. 비록 모든 것은 레이첼의 마법서에서 기인한 것이지만 그것을 실제로 해낸 것은 자신이니 그럴 만도 했다.

"기동을 해보시죠."

"허험! 그럼 어디 해볼까나?"

아이언핸드는 나이트급 마나 코어를 장착한 샤베른에 올라탄 채 기동에 들어갔다. 공방이라 큰 움직임을 할 수 없었지만 이전에는 들 수 없었던 무게의 파괴된 기간트를 들어올렸다.

끼잉! 끼기기기긱!

30톤이 넘는 파괴된 기간트 잔해를 거뜬히 들어 올리는 샤베른의 위용에 이안은 그저 웃음만 흘러나왔다. 기간트가 아닌 기계장치라는 오명으로 불리는 샤베른의 위용이라고 하기엔 너무 과한 것이 아닌가 싶을 정도였다.

"하하하! 어떤가? 이 정도면 기간트 대전에도 쓸 수 있을 거 같은데 말이야."

아이언핸드의 말대로 기간트 대전에서도 유용한 쓰임새를 가질 수 있을 것이었다. 워리어급의 기간트를 상대로 힘에서 앞설 수 있을 것이니 한 번은 크게 써먹을 수 있어 보였다.

"얼마나 제작이 된 겁니까?"

"30개가 고작입니다. 전 마법사들이 모두 매달려서 작업을 했지만 시간이 워낙 촉박했습니다."

"30개라… 나쁘지 않군요."

마나 코어만 바꿔서 장착하면 되는 간단한 작업을 거쳐서 기존의 샤베른이 나이트급의 샤베른으로 재탄생하는 것이었다. 그것을 이용해서 적에게 한 방 먹일 생각을 하니 절로 웃음이 흘러나왔다.

7장

흑마법사를 구하라고요?

아이언핸드와 로이건은 새로운 기간트를 만들어내는 것에 의기투합한 상태였다. 샤베른이 아닌 기간트라고 불릴 수 있는 새로운 기체를 두 사람이 힘을 합쳐서 만들어내는 것을 목표로 삼은 것이었다.

"마나 코어 생산에 조금 더 박차를 가해주게. 다른 일족들까지 합류해서 이제 샤베른의 생산량을 마나 코어가 따라주지 못하거든."

이안이 밖으로 도는 동안 드워프 마을은 인원이 5배로 증가했다. 다른 곳에서 이주해 오는 드워프들이 많이 늘었는데 드워프 연합에서 힘을 써준 결과였다. 샤베른과 마동포 덕분에 삼국의 관심을 한꺼번에 받는 곳이 되었으니 절대 안전할 거라는 판단으로 이주를 한 드워프 부족도 있었다.

"걱정 마십시오. 나날이 마나 코어를 제작하는 실력이 늘어나고 있으니까요."

로이건 자작이 여러 가지 마법 연구를 하면서 가장 일취월장한 것이 인챈트에 관한 것이었다. 마나 코어 역시 인챈트에 관련된 것으로 레이첼이 남긴 마법서의 핵심 내용이기도 했다.

"주군, 드릴 말씀이 있습니다."

로이건 자작으로 인해 이안은 마법 전력이 급상승하고 있었다. 7서클의 마도사가 락토르의 마법사들을 끌어모으자 하루가 지날 때마다 마법사들이 늘어나고 있었던 것이다. 이안은 잘 모르고 있었지만 지금 아레나의 던전에서 연구에 몰두하고 있는 마법사들의 수는 100여 명을 넘어서고 있었다.

"저에게요? 말씀하세요."

"저 그것이……."

"괜찮습니다. 아이언핸드 님은 절대 저를 해코지할 분이 아닙니다."

이안이 확고한 신뢰를 내비치자 아이언핸드는 활짝 웃으며 수염을 쓰다듬었다.

"흑마법사 말입니다. 던전에 잡혀 있는……."

"아! 그 누구였더라……."

처음으로 사로잡은 흑마법사를 말하는 것인 모양이었다. 두 명의 체이스 제국 마스터와 함께 아레나의 던전에 감금되어 있는 자였다. 그로 인해 체이스 제국의 참전도 이끌어 낼 수 있었는데, 워낙 바쁘다보니 잊어버리고 있었다.

"그가 전향할 뜻을 비치더군요."

"음… 흑마법사를 군이 전향시킬 필요가 있을까요?"

이안은 흑마법사의 전향을 그리 달가워하지 않았다. 아무리 열린 사고를 지향한다고 해도 흑마법사는 세상의 지탄을 받는 자들이었으니 꺼려지는 것이었다. 그리고 이번 락토르의 사태를 일으킨 원흉이 흑마법사라는 점도 크게 단단히 했다.

"주군께서도 아시지 않습니까. 흑마법도 두 가지 종류가 있다는 것을요."

"으음… 그는 순수 흑마력을 쌓는 자인가 보군요."

흑마법은 두 가지로 나뉘는데 첫째로 마족 이상의 존재와 계약을 해서 흑마력을 부여받는 자가 있었다. 두 번째는 순수하게 흑마력을 쌓아서 단계를 밟아 올라가는 전투 흑마법사였다. 세상에 해를 끼치는 존재들은 첫 번째 부류로 마족들의 명령을 받아서 중간계를 멸망으로 이끌려고 하는 자들이었다.

"맞습니다. 가논 그자는 순수하게 흑마력을 쌓은 정통 흑마법사였습니다. 그와 오랜 시간 이야기를 나누면서 알게 된 사실인데 이번 흑마법사들의 사태에 비주류인 그들은 어쩔 수 없이 끼어들게 된 거라고 하더군요."

"비주류라… 그럴 수도 있겠군요."

흑마법사들은 마족 이상과 계약을 맺어서 흑마력을 얻는 것이 훨씬 쉽고 빠르게 강해진다. 그러니 순수하게 자신의 노력으로 흑마력을 쌓는 정통 흑마법사들은 그 숫자가 소수라고 칭해야 할 정도로 적었다.

"자신의 손녀와 제자들을 구해준다면 무엇이든 협조하겠다고 했습니다."

"흠… 손녀와 제자들이라…….."

그들이 어디에 있는지 알 수는 없지만 결코 쉽지는 않은 일일 것이었다. 가논만 해도 데스나이트를 두 기나 소환해서 마스터인 자신을 위태롭게 하지 않았던가. 그리고 최근에 잡은 카이만은 마수를 소환할 정도로 강력한 소환술을 펼친 자였다. 둘 다 7서클에 오른 흑마법사였는데, 그가 요청한 일은 그런 존재들이 몰려 있을 흑마법사들의 소굴로 들어가야 하는 일이었다.

'만약 그런 곳으로 간다면 이실리스 후작님과 헥토르 후작

도 함께 가야 하겠지. 그렇게 되면 그들도 흑마법사들에 대해서 알게 될 것이고… 어려운 문제다.'

가논을 자신의 편으로 만드는 것이 얼마나 효용을 가져다줄지 미지수인 상황에서 너무나 큰 모험을 해야 했다. 그러니 망설여지는 것은 당연했고 지금은 시도도 할 수 없는 일이었다.

"말은 하지 않았지만 그가 알고 있는 사실들을 모두 밝히면 세상은 크나큰 소용돌이에 휘말리게 될 거라더군요. 특히 국가 간의 정세가 새로 정립되어야 할 정도로."

로이건 자작의 말에 어느 정도는 짐작되는 바가 있었다. 흑마법사들이 로크 제국의 뒤에 숨어서 뭔가를 획책하고 있다는 것을 말이다. 그게 아니라면 크리스토퍼 대공을 도와서 락토르에 이런 짓을 저지르지 않았을 것이었다.

'로크 제국 단독으로는 대륙을 정복하기 힘들지. 하지만 강력한 전력인 흑마법사들을 등에 업는다면… 어쩌면 가능할 수도.'

흑마법사들은 백마법이 쇠퇴해 가는 지금 시점이라면 상대적으로 최강의 힘이라고 할 수 있었다. 소환수들의 강력함을 생각하면 백마법은 그들의 상대가 되지 못할 것이었다.

'기간트만 아니었다면 진즉에 세상은 흑마법사들의 세상이 되었을지도 모르지.'

마법과 기사들의 몰락이 가속화되는 가장 큰 이유가 바로 기간트에 있었다. 인챈트 학파는 점점 발전하지만 그 한계는 분명히 존재했고, 원소 계열의 학파들은 몰락의 길로 접어든 상태가 바로 지금의 세상이었다.

"이번 전쟁이 끝나면 구출하는 것을 생각해 보도록 하죠. 지금은 전쟁이 우선이니까요."

"물론입니다. 왕국이 멸망하고 난 다음에는 아무런 소용도 없는 일이니까요."

로이건 자작도 동의하면서 한 가지를 더 이야기했다.

"아 참, 그리고 그가 말하기를 흑마법이 세상에 해로운 것만은 아니라고 하더군요. 그러면서 자신이 흑마법도 세상을 이롭게 할 수 있다는 것을 보여주고 싶다고 했습니다."

"흠… 흑마법이 세상을 이롭게 할 수 있다라… 그런 방법이 있을까?"

이안은 흑마법이 세상을 이롭게 한다는 말이 조금은 어색하게 느껴졌다. 가장 파괴적인 마법의 힘을 추구하는 이들이 흑마법사였다. 파괴와 살육에 초점이 맞춰진 그들의 능력이 세상을 이롭게 할 수 있다니 무엇일까 하는 궁금증도 생겨났다.

"가령 이런 거죠."

"이런 거요?"

"아! 흑마법에서 중점적으로 연구하는 것 중에 키메라가 있음을 아실 겁니다."

"그거야 데스블러드 때문에 잘 알고 있습니다만."

"하하! 그 키메라를 이용해서 상처를 치료하는 약을 만들수 있답니다. 그리고 지력을 몇 배로 증가시켜서 소출을 비약적으로 늘릴 수 있는 방법도 있고요."

이안은 상처를 치료하는 것은 차치하고서라도 소출을 비약적으로 늘릴 수 있는 방법이 있다는 점에 주목했다. 키메라를 연구해서 그 결과물로 식량 생산을 증가시킬 수 있다면 그것은 흑마법이 배척받지 않아도 될 만한 결과물일 것이니 말이다.

"한번 만나봐야겠군요. 식량을 증산할 수 있다면 그들도 주류가 될 수 있을 테니까요."

어둠의 힘을 사용한다고 세상에 도움이 되는 자들을 굳이 배척할 필요는 없었다. 만약 자신이 꿈꾸는 것이 완성된다면 그 힘을 바탕으로 그들을 밝은 곳으로 이끌어낼 수 있다는 생각이 들었다.

"하하! 같이 가보시죠. 가는 그 친구도 그리 나쁜 사람은 아니니까요. 오랫동안 대화를 나누면서 친구가 됐는데 한 번 믿음을 주면 결코 배신할 사람은 아니었습니다."

"로이건 님이 그렇게 말하신다면 더욱 신뢰가 가네요. 하하하!"

로이건은 이안이 믿을 수 있는 최고의 숨겨진 패라고 할 수 있었다. 그런 존재가 믿는 존재라면 자신도 믿을 수 있었다.

"크흠! 흠흠!"

헛기침을 요란하게 하는 아이언핸드를 보며 두 사람은 멋쩍은 미소를 짓고 주제를 돌렸다.

"아 참! 지금 그게 중요한 게 아닌데 말입니다."

"당연하지. 우리 일족이 새롭게 만든 샤베른을 보겠나?"

"새로운 샤베른이요?"

이안은 강철의 모루 일족이 새롭게 선보이는 샤베른이라는 말에 귀가 확 하고 열렸다.

"흐흐! 따라오게. 내 우리 드워프들이 만들어낸 걸작을 선보여 줄 것이니."

"기대가 되네요. 어서 가보죠."

이안은 아이언핸드를 따라 그들이 공동으로 작업하는 공간으로 이동했다. 동굴을 파고 만들어진 일족의 거주지의 가장 안쪽에 만들어진 공동 작업 공간에서 30여 명의 드워프들이 땀을 뻘뻘 흘려가며 무언가를 만드는 작업에 열중하고 있었다.

"저걸세."

아이언핸드가 가리키는 샤베른은 기존의 샤베른과는 차원이 다른 형태로 이루어져 있었다.

"다리가 훨씬 더 많네요?"

"6개의 다리로는 원활한 움직임이 이루어지지 않더라고. 물론 속도로 그렇고 말이야."

6개의 다리로 이동하는 방식은 안정감도 떨어졌고 마동포를 장착했을 때 균형감도 상당히 떨어졌다. 그것을 보완하기 위해 다리가 2개 더 달리고 마동포도 4문이나 장착된 형태였다. 그리고 결정적으로 몸체가 1.5배 정도 더 커져서 마동포의 포신이 1/3정도 감춰진 형태로 이루어졌다.

"올라와 보게."

아이언핸드를 따라 올라간 신형 샤베른의 몸통 안은 조종석과 마동포의 포탄을 담당하는 곳으로 구분되어 있었다. 두 명이 탈 수 있었고 철환을 실을 수 있는 적재 공간 또한 새롭게 추가되었다.

"마동포도 새롭게 개조했다네. 이런 식이지."

마동포의 마법진 바로 앞쪽을 교체하게끔 만들어져서 포신의 하단 부분만 갈아 끼우면 바로 철환을 발사할 수 있도록 개조된 마동포였다.

"마나 코어에 마나만 찬다면 바로 쏠 수 있도록 만들었지. 연사 속도가 예전에 비하면 족히 두어 배는 더 빨라졌다네."

"아… 엄청나네요. 하하……."

이안은 마동포의 연사 속도가 증가하면 기간트를 상대로

절대 지지 않겠다고 생각했다. 지금도 도망가면서 마동포로 기간트를 잡아낼 수 있는데 이제는 쫓아가면서 잡아도 충분하다는 결론이 나왔다.

'가만… 그 이계인의 기억 속에서 본 전차라고 하는 거하고 너무 비슷한 거 아닌가?'

구동 원리는 달라도 전투 방식이나 활용도가 너무도 흡사해진 것에 놀랐다. 그런 생각을 하자 이참에 샤베른을 그 전차라고 하는 것과 거의 유사하게 만드는 것은 어떨까 하는 생각이 자리 잡았다. 그 기억 속에서 본 전차는 보병들을 상대로는 거의 학살자라고 불러도 무방할 정도의 강력한 힘을 발휘하는 존재였다.

'그래, 그 포탄… 지금의 철환이 아닌 폭발하는 철환을 만들어내는 것이 좋겠어.'

마동포의 마법만 발사하면 그 사거리가 200여 미터 정도에 불과했다. 5클래스의 에어블래스트 마법을 중첩하여 사용하는 것이라 마법이 미치는 사거리가 그 정도였다. 철환은 2킬로미터를 넘게 날아가지만 기간트를 상대로 하는 것이기에 거리는 800여 미터 정도가 맥시멈이었다. 그 이상은 철환의 파괴력이 떨어져서 기간트에 피해를 입히기 어려웠다.

'하지만 병사들을 상대로 하는 경우… 2킬로미터 밖에서 폭발하는 철환을 쓸 수 있다면… 그건 정말 재앙이 될

것이다.'

보이지도 않는 먼 거리에서 폭발하는 철환으로 적들을 도륙할 수 있었다. 그렇게 될 수 있다면 적들은 접근도 하기 전에 마동포에 의해서 녹아버릴 것이었다.

"로이건 님!"

"말씀하십시오."

"제가 생각한 건데 이런 것을 연구해 보시겠습니까?"

"어떤 연구를 말씀하시는지……."

이안은 자신이 이계인의 기억 속에서 본 포탄을 마법적인 것으로 해석하여 로이건에게 설명했다. 철환의 속을 비우고 그 안에 마법 스크롤을 넣는 것으로 대강의 모습을 잡은 설명이 이루어졌다.

"오! 그런 방식이라면 엄청난 효과를 보이겠군요."

"마법이 폭발하면서 철환도 깨져 나가는 거죠. 그럼 그 효과는 어마어마할 겁니다. 철환 한 방에 수십 명을 날려 보낼 수 있을 테니까요."

"으으… 말만 들어도 무서운 병기가 세상에 태어날 거 같습니다. 허허!"

마법사들이 설 자리를 빼앗게 될 무기를 자신이 만들어내야 한다는 것에 로이건은 입맛이 썼다. 마법사들의 힘을 능가하는 위력을 지닌 새로운 마법 병기가 이걸로 끝이 아닐 거라는 것도 그를 두렵게 만들었다.

"정말 자네의 머리엔 뭐가 들었는지 궁금하군그래. 어떻게 그런 생각을 해내는지 원……."

옆에서 듣고 있던 아이언핸드는 엄청난 병기가 곧 탄생할 거라는 생각에 이안이 두려워졌다. 그가 생각해내는 병기들은 이 세상의 전력 판도를 완전히 바꿔놓을 그런 무기들이었다.

'포탄이 만들어지면… 기간트를 잡는 그 미사일이라는 것도 만들어야겠어.'

마법력을 추진체로 하여 날아가는 이 세상 방식의 미사일이 만들어진다면 그것은 또 그 나름대로 엄청난 힘이 되어줄 것이었다. 자신이 꿈꾸는 것을 완성하기 위해서라면 힘은 크게 가질수록 좋았기에 주저 없이 만들어낼 생각이었다.

"하아… 바로 연구하도록 하겠습니다."

"부탁드리겠습니다. 그리고 아이언핸드 님도 해주실 것이 있습니다."

"나도 말인가? 뭔지 말해보게."

"간단합니다. 터져 나갈 수 있는 철환을 만들어주시는 일입니다. 후후후!"

"아! 난 또 뭐라고. 그건 어렵지 않으니 금방 만들어줌세."

모두가 새로운 포탄을 개발하는 작업에 돌입했고 이안은 가논을 만나서 그의 이야기를 들어보기로 했다. 윈터폴 요새

로 떠나기 전에 그 모든 작업이 마무리되기를 희망하며 바쁘
게 움직였다.

"앉으세요."

가논은 마력 제어구를 목에 찬 채 이안의 맞은편에 앉았다.
그간 아레나의 던전에 갇힌 채 마음고생을 많이 해서 그런지
볼 살이 푹 꺼질 정도로 말라 있었다.

"고맙소. 내 부탁을 들어주어서."

"아니, 아직은 아닙니다."

"그건… 하아… 그렇구려."

가논은 자신의 부탁을 들어줄 생각으로 이안이 만나자고
한 줄 알았다. 그런데 아직 아니라고 하니 상당히 낙담하는
모습이었다.

"부탁은 들어드릴 생각입니다. 하지만 지금은 불가능에 가
깝다는 것이 제 생각입니다."

"나중에 들어준다는 것이오?"

"오면서 생각했는데 전쟁이 끝나면 포로 교환을 하면서 손
녀분과 제자들을 맞바꿀 생각입니다. 저기 있는 세 사람과 말
이죠."

이안의 생각은 아레나의 던전에 가둬놓은 두 명의 마스터
와 카이만을 교환 상대로 쓸 생각이었다. 그 정도의 패라면

적들에게 더 이득이었으니 마다하지는 않을 것이었다.

"그, 그렇게 해주시겠소? 정말로?"

"물론입니다. 그 전에 당신이 나에게 이득이 된다는 것을 증명해야겠죠."

"그거야 당연한 이야기요. 어떤 것을 원하시오?"

가논은 자신에게 원하는 것이 어떤 것인지 알려 달라고 말했다. 간절한 그의 눈빛을 보며 이안은 차분하게 자신이 원하는 바를 이야기했다.

"키메라를 통해서 식량 증산을 할 수 있다고 들었습니다. 그걸 증명해 주십시오."

"아! 그건 간단한 거요. 어쓰웜이라고 아는지 모르겠소."

"어쓰웜이라면… 그 몬스터를 말하는 겁니까?"

"허허허! 나쁘게만 생각할 몬스터는 아니지요."

이안은 몬스터에 불과한, 그것도 극악의 몬스터로 분류되는 어쓰웜이 인간들에게 어떤 도움이 될지 알 수 없었다.

"어쓰웜은 흙은 먹었다가 뱉어낸다오."

"흐음… 그렇게 이동을 한다고 알고 있습니다. 그런데 그게 어떻게 식량 증산에 도움이 되는 거죠?"

이안의 물음에 가논은 희미한 미소를 입가에 그리며 자신이 연구한 것을 이야기했다.

"그렇게 어쓰웜이 먹었다가 뱉은 흙은 먹기 전의 흙일 때

보다 10배 이상의 에너지를 갖게 되오."

"10배 이상이요?"

"그렇소. 그러니 그런 땅에다 곡식을 심으면 어떤 일이 벌어지겠소?"

"그건… 대풍이 들겠군요."

이안은 거기까지는 이해를 했지만 워쓰웜을 어떻게 이용할 것인지에 대해서는 조금 미진한 부분이 있었다. 수십 미터에 달하는 워쓰웜을 어떻게 키메라로 만들어낼 것인지도 의문이었다.

"워쓰웜을 키메라로 만든다는 말인가요?"

"그건 아니요. 백작께서도 잘 알고 있는 놈들이 있잖소이까."

"내가요? 흐음……."

"지렁이 말입니다."

"지렁이요? 헐……."

지렁이를 키메라로 만들어낸다는 말에 이안은 머릿속을 스치고 지나가는 생각들이 있었다.

"설마 지렁이에 워쓰웜의 능력을 부여한다는 건가요?"

"그렇소. 지렁이들도 워쓰웜과 같은 능력이 있지만 미약하지. 하지만 키메라로 만든다면 크기는 키우고 능력은 워쓰웜에 가까운 그런 놈들을 만들 수 있소. 그런 키메라 지렁이들

을 농토에 풀어놓는다면 어떻게 될 거 같소?'

가논의 질문에 이안은 머릿속에 가득했던 안개가 걷히는 느낌이었다.

'이건 반드시 된다. 키메라라고 해도 지렁이는 사람이 잡아 죽일 수 있는 정도밖에 안 될 것이고……'

가논의 말대로라면 척박한 동북부의 땅에서도 어마어마한 식량을 생산할 수 있었다. 그렇게만 된다면 자신의 꿈은 더욱 가깝게 다가올 것이었다.

"좋습니다. 전쟁이 끝나는 즉시 포로 교환을 하도록 하죠. 만약 그게 안 된다면 내가 직접 당신의 손녀와 제자들을 구해오도록 하겠습니다. 이제부터 전 가논 님을 믿도록 하겠습니다."

이안의 확답에 가논은 안도의 숨을 내쉬었다. 로이건과 대화를 나누면서 그가 파악한 이안이라면 절대 허언을 할 사람이 아니었다. 그러니 믿고 기다리면 그리운 사람들을 다시 품에 안을 수 있을 것이었다.

"믿겠소이다."

"그럼 바로 일을 시작해 주시죠. 저는 저 나름대로 바쁜 사람이라서……"

이안이 내미는 손을 맞잡는 가논은 그의 손에서 전해져 오는 온기에 마음이 따뜻해졌다. 이제 그가 전해준 믿음에 자신이 보답을 해야 할 차례였다.

"전군! 기간트 캐러밴에 탑승하라!"

"명!"

독립여단과 이안의 사병으로 분류된 병력들이 대거 기간트 캐러밴에 탑승했다. 1개 연대 병력을 제외한 거의 대부분의 병력이 탑승하고 샤베른 100대까지 동원된 대규모 원정대가 출발을 기다렸다.

"가서 적들을 물리치고 돌아오라. 자랑스러운 락토르의 병사들이여, 출정하라!"

아레스 왕자가 롱소드를 뽑아 든 채 외치자 탑승한 병사들은 우레와 같은 함성을 내지르며 화답했다.

"락토르에 영광을!"

"승리! 승리! 승리! 승리!"

승리라는 외침이 끊임없이 이어지고 자랑스러운 얼굴로 출정군을 환송하는 아레스 왕자는 가슴이 뜨겁게 타올랐다. 윈터폴 요새의 싸움에서 승리한다면 이 어처구니없는 싸움이 끝날 것이라 믿었다.

"저도 가겠어요."

"네? 그건… 안 됩니다."

이안은 비공정에 올라 미리 윈터폴 요새로 가려는 차에 발목을 잡는 한 여인을 쳐다보았다. 성녀인 아이린으로, 그녀는 이안과 함께 가겠다며 고집을 부렸다.

"왜 안 되나요?"

"그곳은 전쟁터입니다. 수십만의 병사들이 맞붙는 그런 전쟁터요."

"그러니까 더욱 가야죠. 부상당한 사람을 한 사람이라도 살려야 하지 않나요?"

"그건… 거참……."

성녀의 신성력이라면 죽어가는 사람도 살려낼 수 있을 것이었다. 그녀가 함께 간다면 조금이라도 더 살려낼 수 있을 테니 그런 이유라면 거절할 명분도 없었다. 그러나 그녀는 상대측에서도 반드시 확보해야 할 존재였으니 위험한 곳에 가게 할 수는 없었다.

"이곳도 위험하기는 마찬가지 아닌가요? 아레스 왕자님이 그러는데 이곳도 곧 전쟁이 벌어진다면서요."

"헐… 왕자님은 또 무슨……."

아레스 왕자가 성녀인 아이린에게 푹 빠져 있다는 것은 그도 알고 있었다. 그렇다고 해도 이렇게 기밀 정보까지 이야기할 정도라는 것은 분명 문제가 있었다.

"그리고 제가 가야 할 이유는 또 있어요."

"뭡니까? 그 이유라는 것은."

"연락을 취했어요. 엘룬의 기사단에게요."

엘룬의 기사단이라는 말에 이안은 그것이 무엇인지 떠올렸다. 그녀가 위장하고 있던 여자들로 이루어진 성기사단이 엘룬의 성기사단이었다.

"기사단도 윈터폴 요새로 올 거예요. 그곳에서 저랑 합류하기로 했어요."

"이런……"

머리가 지끈거릴 정도로 화가 치밀었다. 보안 의식이라고는 손끝만큼도 없는 아이린과 아레스 왕자의 행동에 화가 난 것이었다. 엘룬 기사단이 알게 됐다면 그 소식은 로하스의 성기사단에게도 알려졌을 것은 불문가지. 그럼 순차적으로 그 소식은 다아크 공작과 크리스토퍼 대공에게도 알려졌을 것이었다.

'이렇게 되면 저들도 그에 맞춰서 작전을 들고 나올 것인데… 정말 짜증 나는 존재들이다. 어떻게 자신들이 편한 대로만 살려고 하는 건지… 쯧!'

거칠 것이 없는 삶을 살았으니 저러는 것도 무리는 아니었다. 왕자도 그렇고 성녀인 아이린도 원하는 대로 모든 것이 이루어졌을 것이니 말이다.

"하아… 타십시오."

이안은 더는 막지 못하고 성녀 일행이 비공정에 오르는 것을 허락했다. 만약의 사태가 벌어진다면 비공정으로 탈출시키면 그만이니 자신이 조금만 더 각별한 주의를 기울이면 되는 문제였다.

슈우웅! 콰앙! 콰쾅! 콰콰쾅!

윈터폴 요새가 가까워지자 강렬한 폭음이 요새가 있는 방향에서 들려왔다. 이안은 그 소리의 정체가 마동포라는 것에 미간을 좁히며 요새를 살폈다.

'요새에서 발사하는 것이 아닌데… 적들도 마동포를 가져온 것인가?'

자신이 개발한 마동포는 크기가 작아서 이동식으로 사용이 가능했다. 하지만 로크 제국의 마동포는 그 길이만 5미터가 넘고 무게가 워낙 무거워 이동식으로 쓰기는 힘들었다. 그런데 저들은 그런 마동포를 로크 제국에서 가지고 와서 공성전에 쓰고 있었다. 아마도 신형 마동포의 존재가 저들도 마동포로 무장하게 만든 모양이었다.

"에일리! 요새로 내려간다."

"알았다, 주인!"

에일리는 비공정을 능숙하게 조종하여 요새의 뒤편으로 내려가기 시작했다. 그간 비공정을 몰고 헬카이드 산맥을 제 집 드나들 듯이 쏘다닌 효과가 톡톡히 드러났다. 부드럽게 내려서며 착지까지 깔끔하게 해내는 에일리였다.

"에일리, 수고했다."

"주이인! 나 잘했어?"

"그래, 아주 잘했다."

에일리는 의기양양한 모습으로 칭찬을 바라는 모습이었다. 그녀의 바람대로 크게 칭찬을 해주며 이안은 머리를 부드럽게 쓰다듬어 주었다.

"아웅… 좋다!"

에일리는 주인의 손길에 기분이 좋은지 온몸을 살짝 떨었다.

"하선한다. 다리를 내려라!"

이안은 성녀 일행이 내릴 수 있도록 나무다리를 내리라 명령했다. 수인족 전사들은 빠르게 다리를 내리고 일렬로 도열하며 성녀 일행이 내릴 수 있도록 했다.

"레이너 준장! 어서 오게."

계속된 포격으로 많은 곳들이 망가진 요새에서 그레그 소장이 달려 나와 그를 맞이했다. 그는 이안이 도착하자 그 누구보다 반가워했는데 아마도 며칠간 지속된 전투에서 겪은 스트레스가 상당했던 모양이었다.

"충! 고생이 많으십니다, 그레그 소장님!"

"아닐세. 독립여단은 언제쯤 요새로 합류하는 건가?"

"기간트 캐러밴으로 이동을 하니 빠르면 이틀, 늦어도 사흘 정도면 올 겁니다."

기간트 캐러밴 때문에 병사들의 이동이 무척 빠르고 수월해졌다. 이동시킬 기간트가 없었고 샤베른은 라이더가 필요하지 않은 기체라 가능한 일이었다.

"이틀이라… 그 정도면 버틸 수 있겠군."

"버티다니요? 전황이 그렇게 어렵습니까?"

"끄응… 마동포 때문이라네."

그레그 소장의 말에 이안은 마동포 포격으로 요새가 버티기 어렵다는 것을 상기했다. 성문을 부수는 것부터 요새의 성벽 위를 직접 타격할 수 있다는 것 때문에, 상당한 어려움을 겪었음을 짐작할 수 있었다.

"그 문제는 제가 해결해 드릴 수 있을 거 같군요."

"귀관이 말인가?"

"비공정에 마동포가 배치되어 있습니다. 그리고 제가 따로 가지고 온 마동포도 있으니 충분할 겁니다."

"오오! 마동포라. 어서 꺼내보게. 어서!"

그레그 소장은 마동포 덕분에 시달렸던 스트레스를 한 방에 날려 버리는 이안의 말에 환호성을 울렸다. 그가 기뻐하는 모습을 보며 이안은 아공간 반지에 넣어놨던 마동포를 꺼냈다. 그리고 수인족 전사들에게 명령하여 비공정에 탑재한 마동포도 부려놓았다.

"허허! 40문이라… 정말 부자가 된 느낌일세."

"바로 배치하도록 하시죠."

"그러지. 부관!"

"하명하십시오."

부관들이 달려와 그레그 소장의 명령을 기다렸다. 그들도 마동포를 보았기에 조금은 들뜬 모습이 역력했다. 그간 당한 것을 확실하게 갚아줄 수 있는 수단이 생긴 것에 대한 기쁨이 눈빛에 고스란히 드러났다.

"마동포를 배치하라. 지금까지 당한 것을 갚아줄 것이다!"

"명을 받듭니다!"

부관들이 직접 발로 뛰며 마동포를 요새의 성벽 위로 옮기는 작업이 진행되었다. 수백 킬로그램이 넘는 마동포를 기간트로 옮기는 작업은 순식간에 이루어졌다. 병사들 모두가 복수를 바라는 마음이 행동으로 옮겨진 것이었다.

"배치가 완료됐습니다."

"좋았어. 바로 가지. 지금부터 복수의 시간이다!"

"추웅!"

부관들은 신이 나서 그레그 소장을 따라 성벽 위로 달려갔다. 파괴되지 않은 성벽 뒤로 배치된 마동포들이 적진을 향해 일렬로 늘어섰고 독립여단 주둔지에 있을 때 포수 교육을 받은 병사들이 그 뒤에 도열해 있었다.

"복수의 시간이다. 마동포 장전하라!"

"마동포 장전! 장전하라!"

포수가 마동포의 발사관에 손을 얹은 채 대기하고 부사수들이 철환을 포신에 밀어 넣었다. 간단하게 둥근 철판의 이음새를 돌리는 것으로 장전이 끝나자 부사수들이 옆으로 피하며 포격 준비가 완료됐음을 몸으로 알렸다.

"1번 포대 포격 준비 끝!"

"2번 포대……."

각 포대들이 포격 준비가 완료됐음을 알리자 그레그 소장의 눈에서 강렬한 불길이 뿜어져 나왔다.

"각 포대 발포하라! 적들에게 복수를!"

"1번 포대 발포!"

"2번 포대 발포!"

각 포대들이 일제히 발포를 외치며 강렬한 포격 음이 요새를 뒤흔들었다.

콰앙! 콰콰콰콰콰콰쾅!

40문의 마동포가 일제히 포격을 가했고 에어 블래스터 마법에 의해 날아가는 검은 철환들이 적군의 마동포대를 향해 번개처럼 쏘아져 나갔다.

8장

나를 상대할 자 누구냐

속수무책으로 당하기만 하던 윈터폴 요새에서 40발의 철환이 쏘아졌다. 그 철환들은 번개처럼 허공을 가르며 날아가 요새를 파괴하던 로크 제국의 마동포를 노렸다.

콰앙! 콰쾅! 콰지지직!

"적의 포격이다. 피해!"

"엎드려라! 엎드려!"

철환이 날아들자 마동포 포수들과 그 지휘관들은 일제히 바닥에 납작 엎드렸다. 강철로 이루어진 철환은 거의 대부분이 땅바닥에 박혔지만 그래도 몇 발은 마동포를 파괴하는 것에 성공했다.

"으득! 반격하라. 놈들의 마동포를 부숴!"

"반격하라. 반격!"

로크 제국의 마동포 포수들은 당한 포대를 제외하고는 일제히 도로 마동포에 달려들어 포격에 나섰다. 이제는 서로를 부수기 위해서 미친 듯이 포격을 해야 할 판이었다.

"적의 포격이다. 마동포 뒤로 빼!"

로크 제국의 마동포는 움직일 수 없었지만 이안과 드워프들이 만든 마동포는 바퀴를 달아서 움직일 수 있도록 만들어졌다. 그래서인지 포격을 마치고 재장전의 시간을 갖는 마동포들을 일제히 뒤로 물리며 적군의 포격에 당하지 않도록 대비했다.

슈우우웅! 콰앙! 콰드드등!

로크 제국의 마동포가 쏘아낸 철환들이 날아와 요새의 성벽을 두들겼다. 바위를 깎아서 쌓은 성벽이 철환에 의해서 파괴되고 몇몇 철환들은 병사들을 덮치며 전사자를 양산해 냈다.

'흠… 로크 제국의 마동포도 위력이 상당하군.'

기간트를 파괴하기 위한 것이 아니라 1킬로미터가 넘게 떨어졌어도 위력은 충분했다. 성벽이 파괴될 정도는 아니더라도 서서히 균열이 일어나게 만들 정도의 위력이었다.

'그런데 문제는 마동포 포수들의 포격 능력이다. 독립여단의 병사들이 와야 해결이 날 문제 같군.'

2군단 소속의 병사들이 포격 교육을 받았다고는 해도 직접 마동포를 운용한 적이 없었다. 그러니 명중률이 형편없었고 이번의 포격에서도 겨우 1대의 마동포를 부수는 것에 그쳤다. 여전히 100여 문이 넘는 마동포가 들판에 방렬된 채 포격을 가해오고 있었다.

'아니지… 비공정은 놔뒀다가 뭐에 쓰려고.'

이안은 마동포 사수들만이라도 비공정으로 실어오는 것이 최선이라 판단했다. 그리고 철환도 더 가져와야 독립여단이 올 때까지 싸움을 지속할 수 있을 것이었다.

"에일리!"

"우웅! 주인 나 불렀냐."

"그래, 너 비공정 타고 돌아가서 마동포 포수들을 실어 오너라."

"마동포 포수? 그것만 하면 되는 건가?"

에일리는 비공정을 타는 것을 너무 좋아하다 보니 주인인 이안과 떨어져야 함에도 싱글벙글이었다.

"그래, 바로 가서 마동포 포수를 데리고 와. 그리고 철환도 실을 수 있을 만큼 실어오고."

"알았다. 에일리 바로 간다."

"그래, 어서 가!"

이안은 에일리의 등을 떠밀며 어서 가라고 손짓했다. 그녀가 신나서 비공정으로 달려가는 것을 본 이안은 다시 전장으로 시선을 돌렸다.

'족히 20만은 몰려왔군. 거의 대부분의 병력이 몰려 온 셈이라는 건데……'

이안은 적진을 살피며 고개를 살살 내저었다. 말이 20만이지 끝도 없는 평원을 가득 메우고 있는 인의 장벽에 기가 질릴 판이었다.

"적의 포격이 멈췄다. 마동포 원위치로!"

"마동포 장전 완료!"

우렁찬 외침을 토하며 어서 발사 명령을 내려 달라는 포수들의 눈빛은 오직 자신이 표적으로 삼은 것에 집중되어 있었다. 그들은 이번에는 반드시 맞추고 말겠다는 필사의 의지를 불태우며 발사관을 쥔 손에 힘을 주었다.

"포격을 가하라! 마동포 발포!"

"1번 포대 발포! 발포하라!"

후웅! 콰콰콰콰콰콰콰콰광!

동시에 마동포들이 일제히 철환을 토해내며 뒤로 밀려 나갔다. 엄청난 반동만큼이나 강력한 철환이 쏘아졌고 허공에 검은 실선을 만들어내며 적의 마동포를 향해 날아갔다.

"흐음… 좋군."

하얀 식탁보로 깔끔하게 치장한 테이블에 화려한 음식들이 놓여 있었다. 붉은 포도주를 투명한 잔에 따라서 마시던 사내는 사방에서 진동하는 굉음에도 여유를 잃지 않았다.

"스승님도 드세요. 와인이 아주 향긋합니다."

"끄응… 이 와중에 와인이 넘어갑니까? 에잉!"

40대 정도로 보이는 사내는 맞은편에 앉아 뭔가 마음에 들지 않는다는 듯이 혀를 차댔다. 둘의 나이 차이는 그리 나지 않아 보였지만 말하는 투가 확 차이가 났다. 늙은 노인의 말투를 하는 40대 사내와 아직은 젊어 보이는 말투의 30대 사내였다.

"모든 것은 계획대로 된 거지 않습니까? 조금만 더 시간이 지나면 이런 여유로움도 사치가 될 겁니다. 그러니 시간이 있을 때 즐겨야지요. 하하하!"

젊은 사내의 능청스러운 말에 맞은편의 사내는 여전히 못마땅한 눈빛을 고수한 채 와인 잔을 집어 들었다.

"100년을 살았어도 와인 이 떫은 것을 왜 좋아하는지 모르겠습니다. 쯧!"

"와인은 떫어도 좋고 달아도 좋은 겁니다. 그리고 향을 마시는 것이지요."

"대공! 난 럼이나 한잔 주시구려."

대공이라 불리운 사내는 로크 제국의 대공이자 이 사태를 일으킨 원흉인 크리스토퍼였다. 그는 금발의 창백해 보이는 안색을 지닌 날카로운 이미지의 미남자였다. 어찌 보면 연약해 보이는 외모를 지녔지만 효율적이고 세밀하게 쪼개진 세 근들을 보면 결코 약하지만은 않은 이중적인 모습이었다.

"대륙제일검이신 스승님께서 럼주라니요. 그 격에 맞는 와인으로 갈아타십시오. 그게 더 어울립니다."

"에잉! 다 늙은 노인이 이제 와서 무슨 와인이랍니까. 그냥 생긴 대로 사는 게지요."

대륙제일검이라고 불린 사내는 100년이 넘게 살아온, 로크 제국의 신화로 남은 자였다. 이름은 칼리엄으로 공작의 작위를 자식에게 물려주고 지금은 명예 공작으로 남아 있었다. 물론 세간에는 오래전에 죽었다고 알려졌으며 크리스토퍼 대공을 비롯한 5명의 제자를 두었다. 대공을 제외한 나머지는 모두 마스터의 반열에 올랐고 그들 모두가 대공의 수족이 되어 있었다.

"전하!"

"무슨 일인가?"

창노한 음성에 대공은 와인 잔을 내려놓으며 고개를 돌렸다. 검은 로브를 걸친 백발의 사내가 종종걸음으로 달려오고 그는 허리를 숙이며 대공에게 예를 갖췄다.

"윈터폴 요새에 이안 레이너, 그자가 나타났습니다."

"이안 레이너? 호오! 그럼 저 마동포를 그자가 가지고 온 것인가?"

"그렇습니다. 소신이 직접 패밀리어로 살펴본 것이니 틀리지 않을 것입니다."

"그렇단 말이지? 크크크! 그럼 독립여단인가 하는 떨거지들도 모두 온 것인가?"

크리스토퍼 대공은 진즉에 요새를 공취할 수 있었다. 그러나 드워프 마을을 차지하여 마동포와 샤베른에 대한 것을 빼앗을 생각에 지금까지 시간을 끌었다. 며칠의 시간을 허비했지만 작전대로 이안이 직접 달려왔으니 기쁨의 미소를 지을 수 있었다.

"파견된 신의 제자가 확인을 했는데 2천 남짓한 병력이 남아 있다고 합니다."

"흐흐흐! 그럼 이제 점령하는 일만 남은 것인가? 좋군… 아주 좋아!"

크리스토퍼 대공은 자신의 생각대로 일이 진행된다고 여기는지 무척 즐거워하며 남아 있는 와인을 기분 좋게 들이켰다.

"놀란 백작!"

"하명하십시오, 전하!"

"총공세를 가하라. 저 요새를 파괴하도록!"

"충! 명을 받듭니다."

크리스토퍼 대공의 명령이 떨어지자 뒤에서 우직하게 가드의 역할을 수행하던 중년의 기사가 우렁찬 외침을 토했다. 그리고 그가 전장을 향해서 나아가면서, 마동포만 쏘아대던 로크 제국군의 진영에 기이한 움직임이 나타났다.

끼아아악! 끼익!

공중으로 날아오른 30여 마리의 와이번들이 무서운 포효를 터뜨렸다. 그리고 그 등에 타고 있는 자들은 검은 가죽 갑옷과 이상한 짐들을 등에 진 채 날카로운 기세를 흘렸다.

"모두 무운을 빈다. 총공격을 가한다!"

"맡겨주십시오."

와이번을 길들여서 전쟁에 이용한다는 말은 있었지만 크리스토퍼 대공의 휘하에 와이번 라이더가 있다는 것은 금시초문이었다. 30여 마리의 와이번들이 공중으로 날아올라 요새를 향해 날아가자 대번에 난리가 난 것은 2군단의 수비군들이었다.

"흐흐흐! 저 허둥지둥거리는 걸 보라고. 한 방 제대로 먹여주자. 공격!"

"마법 스틱을 사용합니다! 파이어 블래스터!"

"파이어 블래스터!"

마법 스틱은 마법 스크롤을 탄환처럼 넣은, 50㎝ 길이의 미스릴로 이루어진 것이었다. 버튼을 누르면 스크롤이 찢어지며 원통을 따라 마법이 쏘아지는 원리였다. 그 스틱에서 5클래스의 화염 마법이 쏘아지며 지상을 향해 떨어져 내렸다.

"화, 활을 쏴라. 공격해! 공격!"

"와이번이다, 피해!"

"으아아아아!"

괴성을 지르며 도망가는 병사들이 나올 정도로 와이번의 비행에 이은 공격은 병사들을 어마어마한 공포와 패닉 상태로 이끌었다.

'이런 빌어먹을… 와이번이라니…….'

와이번을 새끼 때부터 키워서 연결해 주어야 하는 와이번 라이더는 금화를 씹어 먹는다고 할 정도로 비싼 병종으로, 효율성이 그리 크지 않다는 것 때문에 명맥을 유지하고 있는 정도였다. 그런데 30여 마리의 와이번을 투입한 크리스토퍼 대공군을 보며 이안은 대단하다는 말밖에 할 말이 없었다.

"매직 배리어! 매직 배리어!"

후웅! 지지지지징!

이안은 급히 요새의 성벽 위로 뛰어 올라가 마법이 떨어지는 곳에 매직 배리어를 걸었다. 요새의 성벽에는 마법 방어진이 새겨져 있었지만 그동안의 치열한 전투와 마동포의 포격으로 많이 파괴되어 작동을 하지 않았다.

'마동포 포격은 마법 전력을 극대화하기 위한 것일 수도 있겠군. 흑마법사들도 백마법을 사용하지 못하는 것은 아니니까.'

이안은 마법 스크롤 공격을 막으며 적의 전략에 대해서 조금 오해를 했다. 하지만 그런 이유가 아니더라도 성벽에 새겨진 마법진을 파괴했으니 마법사들의 전력이 상대적으로 강해지는 효과는 있을 것이었다.

'우선 급한 것부터 처리해야겠다.'

이안은 와이번들이 요새 상공을 날아다니며 마법 스크롤로 공격하는 것부터 해결하기로 했다. 와이번 라이더가 거의 자취를 감춘 탓에 비행형 몬스터를 상대하기 위한 발리스타 역시 창고에 처박혀 있는 상태였다. 반격을 하는 이는 궁수들이 전부였는데, 그들을 주요 공격 목표로 삼은 와이번 라이더들의 악랄한 공격에 피해가 가중되고 있었다.

"비행 원반 소환!"

이안은 비행 원반이 아공간 반지에서 튀어나오자 곧장 올라타 공중으로 날아올랐다.

"동요하지 마라! 와이번은 내가 상대한다!"

우렁찬 외침으로 병사들의 동요부터 막은 이안은 곧장 와이번을 향해 날아갔다.

'이런… 속도에서 차이가 너무 나는구나.'

비행 원반은 기본적으로 아레나의 던전에서 편안하게 이동하기 위해 만들어진 것이었다. 속도를 최고로 낸다고 해도 전마가 내는 속도의 두 배 정도에 불과했으니 와이번의 비행 속도를 따라갈 수는 없었다.

"별수 없지. 레비테이션!"

자신의 몸에 비행 마법을 걸어 더욱 속도를 올린 이안은 와이번의 비행 속도에 조금 대응할 수 있게 되자 먹잇감을 노리듯이 놈들을 노렸다.

'저놈부터!'

이안은 위에서 아래로 추락하듯이 비행하며 마법 스틱을 사용하는 라이더에게 마주쳐 올라갔다.

"저놈부터 잡는다! 공격!"

"이거나 먹어라!"

"대인전은 윈드 커터가 최고지. 가랏!"

라이더들은 마법 스틱을 대인 전용으로 바꿔 들고 대인 마법을 무섭게 날렸다. 번개가 내리치고 바람의 칼날들이 사방에서 날아들었다.

'기선을 제압해야 한다. 그러려면!'

이안은 적들이 날린 마법을 오러 실드를 두르는 것으로 버텼다. 곧바로 검을 뽑아 들고 날아간 이안은 그대로 와이번의 몸통을 갈라 버렸다.

쉬릿! 촤아아악!

와이번의 몸통이 반으로 갈라지며 비명도 지르지 못하고 죽어나갔다. 하지만 그대로 지상으로 추락하는 와이번의 뒤에 타고 있던 라이더는 온몸을 허우적거리며 거센 비명을 내질렀다.

"으아아아! 살려줘! 사람……."

빠르게 추락하는 와이번과 라이더를 뒤로한 채 이안은 선회비행을 하며 다시 공격 준비를 갖추는 와이번들을 노려보았다.

"너희들은 다 죽었어!"

거친 일갈을 터뜨리며 다시 공중으로 날아오른 이안의 검이 푸른 오러의 불길로 거세게 타올랐다.

슈칵! 촤아아악!

또 한 마리의 와이번이 이안의 오러 소드에 당해 지상으로 추락해 내렸다. 마법 공격으로는 아무런 타격도 입히지 못하는 상황이 되자 와이번들을 육체적인 공격 능력을 활용하여 싸움을 벌였지만, 다가가는 즉시 반으로 갈라지는 것은 와이번들이었다.

"으으… 대장! 어떻게 합니까?"

벌써 절반에 가까운 와이번들이 죽어나갔고 남은 절반의 와이번들은 슬슬 공포에 질려가는 중이었다. 인간과 교감을 하는 와이번은 흉성이 아닌 영성을 지니게 되어 지능 또한 어린아이 수준까지 올라갔다. 그 덕분에 공포를 느끼는 것 또한 야생 와이번보다 몇 배는 더 강했다.

"아래… 아래에서 충돌해 떨어뜨린다. 한 번만 더 총공세를 가한다!"

"추웅!"

라이더들은 우두머리가 명령하자 다시 선회비행을 해서 거리를 떨어뜨린 후 재차 가속하며 날아들었다.

'충돌도 감수하겠다 이건가? 재미있군.'

사방에서 쇄도해 들어오며 마법 스틱으로 공격을 가해왔다. 번쩍거리며 뇌전이 날아들어 오러 실드를 두들겼고 강력한 힘이 실린 바람의 창이 몸을 들썩이게 만들었다. 그럴 때마다 균형을 잡으며 곡예 비행을 하던 이안은 그들 사이를 아슬아슬하게 스치듯이 지나가며 검격을 날렸다.

"크악!"

"사, 살려줘!"

비명을 지르며 떨어져 나간 라이더들은 살려 달라는 외침을 토하며 지상으로 추락해 갔다.

'그런데 와이번들이 조금 이상한데? 눈동자가 원래 저런가?'

한 번도 겪어보지 못했기에 와이번의 눈동자가 조금 이상하다는 느낌 정도였다. 이안은 비행형 몬스터들이 가진 눈동자는 세로로 길게 늘어진 '드래고닉 아이'라 알고 있었다. 그런데 전체가 까맣게 물들어 있는 와이번의 눈동자들은 마치 마족의 눈을 보는 것 같았다.

'뭔가 다르다. 인간과 교감하는 방식도 다른 거 같고.'

이안은 와이번과 라이더가 교감하는 방식이 뭔가 이상하다는 생각이 들었다. 보통 말을 모는 경우에는 아무리 말이 영리해도 고삐로 조절하는 것이 상식이었다. 와이번 라이더라고 해도 그런 장치가 있어야 할 텐데, 인간의 생각만으로 와이번을 조종하는 듯한 느낌이 들었다.

'그래 저 투구… 뭔가 다른 것이 있다!'

이안은 투구에 비밀이 숨어 있을 거라 생각했다. 그리고 눈동자부터 이상하게 거슬리는 와이번에도 자신이 알지 못하는 비밀이 있을 거라 확신했다.

'나중에 연구를 해봐야겠어. 흑마법으로 와이번을 길들인 거 아니면 방법이 없을 테니.'

흑마법으로 와이번을 패밀리어 비슷하게 길들이는 방법을

저들이 찾아낸 거 같았다. 그런 방법을 사용할 수 있다면 엄청난 전력이 탄생할 수도 있는 문제였다. 물론 자신처럼 규격외의 존재가 상대라면 문제가 달라지겠지만 일반 병사들에게는 재앙에 가까운 것이 와이번이니 말이다.

"이런!"

잠시 한눈을 판 사이 아래에서 빠르게 치고 올라오는 와이번 한 마리의 존재를 파악하지 못했다. 집중력을 잃은 것을 자책하며 이안은 서둘러 몸을 뒤집어 와이번의 공격에 대응했다.

부앙! 콰앙!

와이번의 커다란 발톱이 그대로 이안의 몸통을 향해 짓쳐들어왔다. 오러 실드를 둘렀지만 그것을 무시한 채 파고드는 발톱으로 인해 이안의 신형이 공중으로 튕겨져 올라갔다.

"성공이다!"

라이더는 이안이 타격을 입었을 거라 확신했다. 아무리 마스터라고 해도 와이번의 거체에서 뿜어져 나오는 힘에 타격을 입었으니 무사하지는 못할 것이었다.

'한 방 먹었군.'

이안은 공중제비를 돌며 신형을 바로잡았다. 이미 와이번은 스치듯이 지나가 선회하며 재차 공격할 기회를 노리고 있었다.

"돌아오라!"

비행 원반에 의념을 투사해 돌아오도록 만든 이안은 레비테이션 마법이 풀리지 않은 것을 다행이라 생각했다. 그게 아니었다면 이전에 자신에게 당했던 이들처럼 지상으로 추락해 내렸을 것이었다.

"어, 어떻게… 마법사!"

라이더는 이안이 공중을 날아서 도로 비행 원반에 오르자 기겁했다. 이제까지 기물에 의지해서 싸우는 마스터로 생각했었는데 그가 스스로의 마법으로 비행을 할 수 있다는 것을 뒤늦게 알아챈 것이다.

"이젠 내 차례인가? 라이트닝 스피어!"

후웅! 파츠츠츠츠측!

이안이 만들어낸 마법은 6개의 뇌전의 창을 만들어 쏘아낸 것이었다. 4클래스의 공격 마법을 7서클의 힘으로 시전하자 6개의 뇌전의 창이 만들어졌다.

"크아아아악!"

뇌전의 창에 직격당한 와이번이 큰 충격을 받은 듯이 지상으로 추락했고 그보다 더 먼저 당한 라이더는 고통에 울부짖으며 비명을 질렀다. 강력한 파괴력에 의해 전신이 타버린 라이더가 죽자 그와 연결된 와이번이 이상한 반응을 보였다.

"키아아아아!"

괴성을 지르며 발작한 와이번은 추락하던 것에서 벗어나 광폭한 몸짓을 연신 선보였다. 이안은 와이번의 눈에 눈동자가 생겨나는 것을 목격할 수 있었다.

'그랬군. 역시 라이더와 연결된 놈이었다. 라이더가 죽으니 풀려난 것이 확실해.'

흑마법으로 어떻게 한 것인지는 모르지만 상대도 참 많은 연구와 시간을 투자했다는 것을 느낄 수 있었다. 오랜 세월 동안 누적된 힘이 드러난 것일 테고, 그것에 맞서야 하는 자신의 입장을 떠올리자 분발해야겠다는 생각만이 가득해졌다.

후웅! 스스스스슷!

와이번들을 모두 격퇴한 이안이 비행 원반을 타고 성벽 위로 내려섰다. 그러자 총공격을 퍼붓는 크리스토퍼 대공군에 맞서서 치열한 전투를 벌이는 병사들의 분전이 눈에 띄었다.

"고생했네."

그레그 소장은 총공세를 막아내던 와중, 이안이 와이번을 처리하고 돌아오자 한달음에 달려왔다.

콰쾅! 콰드드등!

"이크! 마동포 공격이 장난 아니로구먼."

마동포로 포격을 가하며 성벽 위를 공략하던 적들은 지상에서는 공성 병기를 이용해서 밀고 들어왔다. 20미터가 넘는 요새의 벽을 올라서기 위해 사다리가 달린 병기 수백 대가 몰려들었다.

"전황은 어떻습니까?"

"이 정도는 막아내야 하지 않겠나?"

그레그 소장은 자신감을 내비쳤다. 2군단 소속의 병력이 많이 줄었다고 해도 7만 이상의 병력이 남아 있었다. 그리고 그 병력으로 요새를 수비하는 것이니 막아내야 정상일 것이었다.

'30만 이상의 병력으로 몰아쳐야 요새를 뚫을 수 있겠지. 물론… 기간트를 제외한다면 말이야.'

적의 기간트 전력이 왜 투입되지 않았는지는 아직 의문이었다. 2군단에도 기간트가 남아 있었지만 그 숫자는 그리 많지 않았으니 계속해서 이어질 전투가 걱정이었다. 한시라도 빨리 체이스 제국에 요청한 기간트 전력이 와야 확실한 우위를 점할 수 있을 것이었다.

'샤베른으로는 치고 빠지는 방식의 전투밖에 할 수 없으니 그것이 걱정이다.'

적이 보유한 기간트의 숫자는 적어도 200여 대가 넘었다. 크리스토퍼 대공이 가지고 온 기간트만 해도 그 정도는 된다는 첩보가 들어온 상황이었다. 다아크 공작과 그에 합류한 귀족들이 보유한 것까지 합한다면 적어도 250기는 넘을 것으로 추정하고 있었다. 그러니 50기가 채 되지 않는 기간트를 보유한 아레스 왕자군의 열세는 불을 보듯 뻔했다.

"우선 저들부터 물리치고 보죠."

"그러세."

이안과 그레그 소장은 다시 검을 뽑아 들고 병사들을 독려하며 전투를 지휘하기 시작했다. 특히 이안은 운재차를 밀고 들어오는 적들을 향해 미친 듯이 마법을 난사하며 적들을 격살해 나갔다.

"화살을 날려라! 놈들을 죽여!"

"적들이 성벽 위로 오르지 못하게 막아라!"

"어딜 올라오려고! 죽엇!"

화살을 날리고 커다란 바위를 집어 던지며 수성전을 펼치는 2군단 병사들은 필사적이었다. 성벽을 오르려고 필사적인 자들과 그것을 막으려는 자들의 의지가 충돌하고 피와 살이 찢어져 나가는 격전이 이어졌다.

쎄에에엑! 콰앙! 쎄에에엑!

연달아 날아드는 철환이 성벽을 파괴하며 뒤에서 버티고 있던 병사들을 덮쳤다. 화살을 날리던 병사는 시위를 당긴 자세로 머리통이 터져 나가며 죽어갔다.

'병기의 중요성이 여실히 드러나는구나.'

적들이 밀고 오는 병기는 화살을 막을 수 있는 방어 장치와 방패들로 철저하게 대비를 하고 있었다. 그렇다고 해도 죽어 나가는 자들은 속출했지만 장비의 차이가 어떤 결과를 만드는지 보여주는 전투였다.

'갑옷의 차이… 레더메일로는 무리다. 저들은 죄다 판금 갑옷을 갖추고 있으니.'

갑옷의 형태는 여러 가지 형태로 발전했다. 판금 갑옷은 철판을 잘라 조각을 내서 이어붙인 형태의 갑옷으로 무게는 상대적으로 덜 나가면서 방호력을 높인 갑옷이었다. 어지간한 화살은 막아낼 수 있었는데, 지금 크리스토퍼 대공의 병사들이 입은 갑옷이 그 판금 갑옷이었다. 그에 비해서 가죽으로 만들어진 레더메일은 정통으로 맞으면 그대로 화살에 뚫리고 말았다.

'레알리스의 던전에서 그 갑옷들을 가지고 올 것을… 그랬다면 피해를 줄일 수 있었을 것인데.'

레알리스의 던전에 잠들어 있는, 수만 명을 무장시킬 수 있는 병기들은 상급의 무구들이었다. 판금 갑옷은 최하급 갑주였고 통짜 쇠로 만들어진 일체형 갑옷들도 가득했다. 그것들이 있었다면 피해를 줄일 수 있었을 것이었다.

"물러서지 마라! 적들을 몰아쳐라! 공격!"

"와아아아아! 죽엇!"

병사들은 적들이 성벽 위로 올라서면 끝장이라는 생각에 필사적으로 싸웠다. 병기의 열세를 정신력으로 커버하며 싸우는 그들을 보며 이안은 입술을 질겅 깨물었다.

　"모두 죽여주마… 마나의 의지여… 불타오르는 화염의… 파이어 스톰! 가랏!"

　후웅! 휘류류류류류륭!

　어마어마한 불길이 공중에서 타올랐고 이내 거대한 폭풍이 되어 소용돌이치며 전장을 휩쓸기 시작했다.

　"크아아악!"

　"마법이다. 피해!"

　운재차를 불태우고 그대로 병사들을 덮친 화염의 폭풍이 점점 더 거세게 휘몰아쳤다. 연달아 마법을 캐스팅하며 전장을 휩쓸어가기 시작한 이안의 마법은 미친 듯이 몰려들던 적들을 주춤하게 만들었다.

　쎄에에에엑! 카강!

　이안은 자신을 노리고 날아드는 철환을 그대로 반으로 갈라 버렸다. 위험하기는 했지만 오히려 그것이 병사들을 살릴 수 있는 방법이라 생각해, 더욱 거세게 마법을 난사하며 적들의 공격을 자신에게로 집중시켰다.

　"레이너 장군님이 우리와 함께하신다!"

　"적들을 주살하라! 장군과 함께라면 우리는 이길 수 있다!"

병사들은 그런 이안의 분전에 힘을 얻었다. 젖 먹던 힘까지 끌어 올리며 전투에 나서자 병기의 열세를 뛰어넘으며 적들을 물리쳐 나갔다.

뿌웅! 뿌웅! 빠아앙!

멀리서 들려온 퇴각을 알리는 나팔 소리가 전장을 울리자, 수천의 사상자를 남긴 채 크리스토퍼 대공군이 물러났다.

"이겼다! 적들이 물러난다!"

"우리가 이겼다!"

"으하하하! 꼴좋다. 개자식들!"

병사들은 승리의 함성을 내지르며 병장기를 부딪쳐 요란한 소리를 만들어냈다. 규칙적인 그 소리를 승리를 알리는 북소리로 대신하여 전장을 뒤흔들었다.

'응? 홀로 나온다?'

이안은 병사들과 기뻐하다 물러가는 적군의 진영에서 한 사내가 말을 몰아 나오는 것을 보았다.

'기운이 느껴지지 않아? 헐……'

이안은 그 사람에게서 기운을 읽을 수 없었다. 사람이라면 누구나 가지는 기운의 크기가 느껴지지 않는 사람은 오랜만이었다.

'마스터… 나보다 상위의 마스터인가?'

자신의 경지를 능가한 이라면 그 기운을 읽을 수 없을 것이었다. 그렇게 본다면 상대는 자신을 능가한 마스터이고, 그가 하려고 하는 것이 무엇인지 짐작할 수 있었다.

"나는 로크 제국의 마스터이자 대륙제일검 칼리엄 명예 공작이다! 적장은 나와 내 검을 받으라!"

우렁찬 외침이 전장을 뒤흔들었고 일대일 승부를 청한 칼리엄 명예 공작만이 강렬한 기세를 흩뿌리며 이안을 기다렸다.

"장군……."

"이런 상황에서 일대일 승부라니……."

병사들은 일대일 승부를 청하는 대륙제일검 칼리엄 공작과 이안을 번갈아 쳐다보았다. 50년 이상을 대륙 최강이라고 불렸던 이와 이제 겨우 마스터가 된 지 1년이 넘지 않은 이안의 대결은 상상조차 할 수 없었다.

"제길… 피할 수도 없는 노릇이 아닌가."

이안은 독백하듯이 칼리엄 공작을 노려보았다. 기사는 그어떤 상황에서도 적이 걸어온 싸움을 피해서는 안 된다. 그것이 기사도요, 검을 든 자의 숙명이었다.

"안 나가도 되네."

그레그 소장은 이안이 칼리엄 공작을 노려보고 있는 것을 보고 얼른 달려와 말했다. 그가 생각하기에도 이 일대일 승부는 말이 안 되는 수작질이었다.

"아니, 나가겠습니다."

"레이너 준장!"

"걸어온 싸움을 피한다면… 병사들의 사기는 바닥으로 떨어질 겁니다."

"으음……."

병사들의 사기가 바닥으로 떨어진 다음에 적이 재차 공격을 가해오면 그때는 자칫 요새가 깨어질 수도 있는 문제였다.

"성문을 열어라!"

"추웅!"

병사들이 요새의 문을 열자 이안은 기사가 가져다준 전투마에 올라타며 말 배를 박찼다.

"가잣!"

크히히히힝!

흥분으로 가득한 말 울음소리를 남긴 채 이안은 대륙제일 검이라 불린 칼리엄 공작을 상대하기 위해 요새를 나섰다. 거대한 기세를 뿜어내는 칼리엄 공작에 비하면 일견 초라해 보이기까지 하는 이안의 출전이었다.

9장

너희들은 이제 다 죽었다

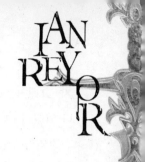

전투마는 흥분으로 투레질을 치며 전장으로 나아갔다. 수천 명의 주검이 널브러져 있는 공간을 지나쳐 나아가던 이안은 점점 심장이 박동이 거세게 울리는 것을 느꼈다.

푸르르륵!

검은 흑마를 타고 나온 중년인의 모습을 한 칼리엄 명예 공작은 팔짱을 낀 채 여유롭게 이안을 기다리고 있었다.

"아이야, 네가 이안 레이너더냐?"

"반갑다는 말은 못 하겠군요. 제가 이안 레이너입니다."

"흐흐흐! 서로 죽이려고 나온 자리인데 반가울 리는 없겠지. 그래, 네 녀석의 활약은 재미있게 지켜보았다. 마법도 꽤나 익혔더구나."

칼리엄 공작의 말에 이안은 그의 눈빛이 여전히 무심함을 유지하고 있는 것을 유심히 살폈다. 자신에 대한 칭찬을 하지만 그저 그런 능력을 가진 정도로 생각한다는 방증일 것이었다.

"운이 좋았습니다."

"운이라… 운으로 도달할 경지는 아니었지."

"그런가요?"

"그래, 내 그래서 말인데 차라리 제국을 위해서 일하는 것은 어떻겠느냐? 지금보다는 훨씬 더 지고한 명예를 얻을 수 있을 것이다."

"제국은 그다지 끌리지 않는군요. 그리고 태생이 억울한 일을 당하고는 참지 못하는 성격이라서 말입니다."

"억울한 일이라… 하긴 지금 상황이 억울하기는 하겠다. 어른이 어린아이의 뺨을 때리는 격이니 말이야."

그의 말대로 로크 제국이 락토르를 집어삼키려고 하는 것 자체가 힘센 어른의 횡포에 가까웠다. 그도 그것을 알고 있었지만, 본디 자신이 속한 집단의 이익을 위해서 움직이고 그것을 당연하게 생각하는 것이 인간의 속성이었다.

"말이 너무 길어지는 거 같군요. 모두가 지켜보는데 그만 시작하시죠?"

양군의 모든 사람들이 자신과 칼리엄 공작의 싸움을 지켜보고 있었다. 합치면 20만이 넘어가는 어마어마한 인원이 관객이 되는 무대에 선 것이었다.

"그럴까? 뭐 제자 녀석이 회유는 해보라고 하기에 한 말이었으니 마음에 담아두지 말거라. 그럼 검을 뽑으려무나."

이안은 칼리엄 명예 공작이 크리스토퍼 대공의 스승이라는 것을 처음으로 알았다. 그제야 크리스토퍼 대공의 휘하에 소드마스터들이 많았던 이유를 알 것 같았다. 지금까지 이안이 상대한 마스터들만 3명이었고 칼리엄 공작까지 합한다면 4명째였다.

스르릉!

천천히 롱소드를 뽑아 든 이안은 말을 박차고 그대로 칼리엄 공작을 향해 쇄도해 들어갔다. 브레이브 소드는 광폭하다는 표현을 해야 할 정도로 기운이 넘치는 검술이었다. 그런 검술의 영향을 받아서인지, 쾌검술을 펼치면서도 그 기세는 무척 강력하고 괄괄하기까지 했다.

쉬릿!

점과 점을 연결하여 하나의 선을 만들어낸 이안의 쾌검술이 일직선으로 뻗어나가 칼리엄의 미간을 찍었다. 어지간한 검사라면 엇 하는 소리를 내기도 전에 꿰뚫렸을 극쾌의 검술이었다. 그러나 마지막의 마지막까지 멈추어 있던 칼리엄의 검에 이안의 검이 튕겨 나가고 말았다.

"흐랏!"

검이 튕겨지는 것에 바로 이어지는 초식으로 몰아친 이안의 검세가 날카롭게 펼쳐졌다. 숨 돌릴 틈도 없이 호쾌하게 이어지는 연격이 과격하다 싶을 정도로 칼리엄의 급소들만 노렸다.

'페이크는 셋에 하나!'

자신만의 공간 제어에 상대를 가둔 채 몰아넣는 지독한 검세가 연신 칼리엄 공작을 몰아쳤다. 그러나 아슬아슬하게 넘어가는 칼리엄 공작의 검은 물이 흐르듯이 그런 검세와 검세 사이를 누볐다. 합을 미리 맞춘 듯이 공방을 이어가는 두 사람은 칼춤이라도 추는 것처럼 아름다운 동작들을 만들어갔다.

투캉!

강한 반발 음이 터져 나올 때까지 두 사람은 30여 합이 넘는 공격과 방어를 펼쳐냈다. 그러나 끝없이 이어질 거 같았던 이안의 공격은 그 반발 음과 함께 끊어져 나갔다.

'어떻게… 내 공간 제어가 먹히지 않는다?'

이전의 그 누구도 칼리엄 공작처럼 공간의 제어가 먹히지 않는 이는 없었다. 기운의 흐름을 자신이 통제하고 있다고 생각했지만 미친놈처럼 칼춤만 춘 꼴이었다.

"제법이구나. 아직 어리다고 들었는데 말이야."

칼리엄이 지금까지 자신을 봐주고 있었다는 것을 그의 말투에서 느낄 수 있었다.

'빌어먹을……'

굴욕이라면 굴욕이라고 할 수 있는 상황이었다. 어디 까불어봐라, 얼마나 잘 까부는지 봐줄게, 라고 하는 것 같은 눈빛에 이안은 이빨이 깨져 나갈 정도로 입을 앙다물었다.

"하지만 아직 덜 여물었구나. 변죽만 울리고 쓸모가 없어."

"큭……"

"어설픈 공간 제어로 재미를 제법 봤겠지만 그것뿐이지."

철저하게 깔아뭉개는 말에 이안은 할 말이 없었다. 자신의 공격은 그 어떤 것도 칼리엄 공작에게 먹혀들지 않았으니 말이다.

"잘 보려무나. 진정한 공간 제어가 어떤 것인지. 그리고 영혼을 실은 검이 무엇인지 말이다."

"으득……"

"네 검에는 영혼이 없어!"

칼리엄의 말은 자신의 검술을 부정하는 말이었다. 영혼이 실리지 않은 검술이라는 말에 강한 반발이 가슴 깊은 곳에서 튀어 올라왔다.

'어디 두고 봅시다. 당신의 검술이 어떤 것인지!'

이안은 이를 악물고 젖 먹던 힘까지 끌어 올리며 칼리엄의 검이 움직이는 것에 맞서 나갔다.

후웅! 쎄에에엑!

'미친… 뭐 이래!'

이안은 너무도 평범한 일자베기가 날아드는 것에 눈을 부릅떴다. 그런데 도저히 어떻게 막아야 할지 엄두가 나지 않는 것에 당황했다.

'이대로 당할 수는 없다!'

쉬잇! 카앙!

점점 거대해지는 검세를 막았다. 그러나 그 검세는 끊어지지 않고 계속해서 살아 움직이며 이안을 쫓아왔다. 이안은 어떻게든 그 검세에서 벗어나기 위해 필사적으로 움직였다.

'어떻게 벗어날 수가 없어……'

물러서면 그만큼 쫓아오고, 옆으로 피하면 그 피한 곳으로 검이 따라왔다. 조금씩 거리가 좁혀졌고 이안은 칼리엄 공작의 공간에 갇힌 채 도망치는 신세가 되어버렸다.

'으득… 피할 수 없다면… 부순다!'

칼리엄의 공간에 자신이 갇힌 것을 알아챈 이안은 모든 힘을 집중해서 마지막 도박을 하기로 했다. 평범한 베기와 찌르기, 그리고 후리는 것만으로 자신을 궁지로 몰아넣고 있는 칼리엄의 공간에서 벗어나고자 안간힘을 써야 했다.

"절망하거라!"

쉬잇! 콰앙!

오러와 오러가 충돌을 하자 무저갱에 빠진 듯이 힘이 쭉 빠져나가는 듯한 느낌이 들었다. 그리고 이어지는 무지막지한 힘에 의해 속절없이 튕겨져 나가야 했다.

"고통에 울부짖어라!"

쎄에엑! 콰쾅!

"크윽… 빌어먹을……."

자신의 힘은 이상하게 반감되어 사라지고 상대의 힘은 몇 배로 증폭된 듯이 쏟아져 들어왔다. 힘이 사라지면 그것을 만회하기 위해서 더욱 많은 마나를 퍼부어야 겨우 죽지 않고 검이 튕겨져 나오는 것으로 끝났다.

"하아… 하아……."

숨이 점점 가빠져 왔다. 이대로 가다가는 저 이상한 검술에 모든 마나를 빨리고 죽게 될 판이었다.

'어떻게든 벗어나야 한다. 이 공간 안에 갇혀 있으면 10초도 버티기 힘들어.'

벗어난 다음 어떻게든 자신만의 전투 방식으로 칼리엄을 상대하는 것이 최선이었다. 그리고 몇 번 당하다 보니 칼리엄의 검술이 어떤 것인지 조금은 느껴졌다. 깨달을 수는 없었지만 칼리엄의 마나가 자신의 힘을 빨아들이듯이 당겼다가 다시 되돌리는 것으로 더욱 강하게 자신을 몰아치고 있는 것 같았다.

'오러의 운용이 지금보다 몇 배는 더 자유로워야 한다. 타인의 오러에 간섭하여 그것을 자신의 마음대로 되돌릴 수 있다니……'

자신도 익스퍼트급의 검사들을 상대로 한다면 가능할지도 몰랐다. 지금까지 그저 강한 힘으로 부수고 베어내는 것이 전부였다 보니 그런 방식이 있다는 것을 무시하고 살았다. 하지만 자신보다 고수인 칼리엄과 싸우면서 그것이 얼마나 대단한 것인지 깨달았다.

'해보자… 비록 미완성이라지만.'

이안은 자신이 최근 만들어가고 있는 그 수법으로 칼리엄의 공간 제어에서 벗어나고자 했다. 급히 마나를 모으고 뒤로 물러서며 힘을 비축했다. 그리고 서서히 접근해 오는 칼리엄을 향해 그 힘과 오러를 폭발시켰다.

"크앗!"

파팟! 쉬이잇!

수많은 잔상을 남기며 이안의 신형이 폭주하듯이 칼리엄을 향해서 밀려 나갔다. 자신의 검을 향해서 뛰어드는 이안의 폭주에 칼리엄도 적이 놀랐다.

"베어주마!"

놀라운 속도라고 해도 자신의 공간 제어 안에서 노는 어린 애송이에 불과했다. 칼리엄은 거침없이 검을 움직여 이안의 목을 베어내기 위해 무수한 검세를 쳐냈다. 그러다 마지막 순간, 알 수 없는 위기감이 들었다. 그는 공간 제어에서 사라지는 이안의 기척에 옆으로 물러나며 다급히 오러 실드를 쳤다.

"헛!"

분명 손에서 느껴져야 할 감각이 없었다. 그리고 오러 실드를 쳤음에도 옆구리에서 느껴지는 저릿한 고통에 칼리엄 공작은 미간을 찌푸렸다.

"후우… 후우우… 해냈군."

이안은 진이 빠져 버린 모습으로 희미한 미소를 짓고 있었다. 그리고 가까스로 오러 실드를 뚫고 칼리엄의 옆구리를 벤 것에 만족했다.

'지금 내 실력으로는 이게 최선이니까. 하지만……'

이안은 이대로 끝낼 생각은 없었다. 앞날은 자신이 더 창창할 것이고 더욱 높은 경지로 올라갈 것이라 자신했다.

"놈! 찢어 죽여주마!"

칼리엄이 숨을 몰아쉬는 이안을 향해서 신형을 폭사시켰다. 분노한 그의 움직임은 이제까지 공간 제어로 이안을 놀리

듯이 상대해 주던 것에서 벗어나 있었다.

"제길……."

자신의 브레이브 소드가 지닌 강력함을 능가하는 칼리엄의 검술이 본격적으로 펼쳐졌다. 철저하게 부수는, 역동적이고 파괴적인 힘을 동반한 검술이 이안을 향해 뻗어온 것이다.

'차라리 이게 더 편하다… 공간 제어… 그리고 그의 오러 간섭은 최악이었어.'

분노가 그를 뒤덮자 오로지 힘과 속도로 찍어 누르려는 검술로 바뀌어 버렸다. 오히려 이안은 그것이 더 편하게 느껴졌고 그에 맞춰서 최선을 다해 도망가기 시작했다.

'하긴 거리가 떨어졌으니 공간 제어가 먹히지 않아서 선택한 것일 수도.'

공간 제어도 일정 거리 이내에서만 가능한 것이었다. 이안과 칼리엄의 거리는 적어도 30미터 이상 벌어져 있었고 그 안에서 공간 제어로 자신을 구속하는 것은 불가능에 가까웠다.

"헤이스트! 스트렝스!"

후웅! 휘류류류릉!

이안은 자신의 몸에 마법을 걸었다. 순수한 육체 능력만으로는 칼리엄을 상대할 수 없었기에 마법의 힘을 빌리는 것이었다.

'이러니 조금 상대할 만하네.'

헤이스트 마법을 걸면서 육체가 낼 수 있는 속도가 1.5배 정도로 빨라졌다. 물론 헤이스트 마법은 몸에 과부하가 걸리기에, 똑같은 속도로 1시간을 달릴 것이 30분 정도로 줄어든다. 그러니 그 이전에 칼리엄을 처리하거나 도망가거나 해야 했다.

"쥐새끼 같은 놈!"

"입에 걸레를 물었나? 나이 처먹었으면 예의를 알 때도 됐을 건데. 쯧쯧!"

이안도 칼리엄의 도발에 더 이상 예의를 갖춰서 상대할 필요를 느끼지 못했다. 사방팔방으로 빠져나가며 칼리엄의 검세를 피하던 이안은 큰 목소리로 양쪽의 병사들이 다 들을 수 있게 외쳤다.

"으득! 반드시… 죽여주마!"

칼리엄은 점점 거리가 벌어지는 이안을 잡기 위해 더욱 오러를 끌어 올렸다. 이글이글 타오르듯이 뿜어져 올라오는 오러의 길이가 4미터를 넘어섰고 천지가 온통 그의 오러가 만들어내는 검세에 짓이겨졌다.

'어마어마한 힘이네. 저 노친네를 잡으려면 접근해서는 답이 안 나오겠어. 흐음……'

칼리엄의 강력한 힘은 아직 자신이 상대할 수 없는 힘이라는 것을 인정해야 했다.

"오러 뷰렛!"

슈앙! 슈슈슝!

칼리엄은 계속해서 도주하며 틈을 노리는 이안을 잡기 위해 그가 움직이는 방향으로 오러 뷰렛을 날렸다. 한 번 날리는 것이 고작인 이안과는 다르게 연속으로 날리며 도주할 공간을 미리 차단해 버렸다.

"이런!"

이안은 도주할 곳으로 날아드는 오러 뷰렛에 급히 방향을 틀었다. 그러나 그 방향을 튼 곳마저 또다시 오러 뷰렛이 날아들어 당황했다. 피할 수도 없고 막는 것이 고작인 것에 이를 앙다물고 오러 뷰렛을 쳐냈다.

카앙! 드드드드득!

지면을 끌면서 뒤로 밀려나던 이안은 순식간에 거리를 좁히며 날아드는 칼리엄의 검세를 보고 위기를 느꼈다.

'죽기 아니면… 까무러치기다!'

그는 마지막 초식을 급히 펼치며 칼리엄의 검세를 상대해 나갔다. 가장 강력하고 패도적인 브레이브 소드의 마지막 초식인 디스트로이어가 펼쳐지며 오러가 중간에서 충돌을 일으켰다.

거대한 해일처럼 밀려드는 칼리엄 공작의 검세와 충돌해가는 이안의 검세가 마지막 힘을 모두 쥐어짜내며 완성되었다. 강력한 힘으로 찍어 누르는 것에 대항하며 어떻게든 밀어내려 필사의 노력을 기울였다.

카가가강! 콰앙!

비슷하지는 않아도 이렇게 처참하게 밀리는 것은 상상도 하지 못했다. 내장이 모두 파괴된 듯한 고통을 느끼며 이안이 만들어낸 초식은 비참하게 소멸되어 사라졌다. 그리고 밀려드는 칼리엄의 검세가 이안의 목을 가르기 위해 휘둘러졌다.

카등! 콰콰콰콰쾅!

연속으로 터져 나오는 푸른 오러의 파편과 하얀빛의 파편들이 시야를 뿌옇게 만들었다.

"크으윽……."

처참하게 뒤로 튕겨져 나간 이안은 숨을 몰아쉬며 쏟아져 나오는 비릿한 핏덩어리를 연신 게워냈다.

"허억… 커윽……."

"운이 좋구나. 애송이 놈!"

이안의 몸 전체를 두르고 있는 하얀빛은 레이첼이 남긴 아티팩트가 만들어낸 앱솔루트 실드였다. 마지막 순간 위기를 감지한 아티팩트가 발동되고 가까스로 칼리엄의 검을 막아낸 것이었다. 하지만 그 빛은 처음 터져 나올 때와는 다르게 거의 꺼질 듯이 애처롭게 유지되고 있을 뿐이었다.

'다음에는… 죽는다…….'

이안은 다음번엔 앱솔루트 실드마저 깨어져 나갈 것임을 알았다. 어떻게든 지금 상황을 타개하려면 시간이 없다는 것에 마지막 힘을 쥐어짰다. 그러나 오러를 만들어낼 힘은 남아 있지 않았다. 마나로드가 송곳으로 찌른 것처럼 고통을 호소하는 것을 보면 이 이상 더 했다가는 폐인이 될 것이었다.

'하지만 죽는 것도 문제지만 병사들의 사기는… 약한 모습을 보여서는 안 된다.'

이안은 그 짧은 순간 어떻게 하면 병사들의 사기를 약화시키지 않는 선에서 도망갈 수 있을지 고민했다. 죽고 사는 것도 문제지만 어떻게든 멋지게 마무리를 해야 한다는 것이 문제였다.

"플라이! 레비테이션!"

후웅! 휘이이이잇!

이안은 오러를 사용할 수 없는 상황인 지금, 자신에게 마지막 남아 있는 보루인 마법만이 답이란 결론을 내렸다. 공중으로 날아오르며 빠르게 비행 마법까지 펼쳐서 칼리엄 공작에게서 멀어졌다.

"이거나 받앗! 라이트닝 스톰!"

빠르게 캐스팅하며 공중으로 오러 뷰렛을 쏘아대는 칼리엄에게 뇌전의 폭풍을 선사했다. 비록 죽일 수는 없겠지만 화려한 이펙트를 보여주며 병사들이 사기를 잃지 않도록 하기 위함이었다.

"이런 쥐새끼 같은 놈! 내려오지 못할까!"

콰릉! 콰콰콰콰콰쾅!

수십 줄기의 뇌전이 몰아치며 칼리엄 공작을 향해 쏟아져 내렸다.

"으득… 오러 실드!"

아무리 마스터라고 해도 7서클의 마나가 실린 마법에 당하면 죽음에 이르는 것은 마찬가지였다. 뇌전이 쏟아져 내리자 칼리엄 공작도 어쩔 수 없이 그것을 막으며 공중에 떠 움직이는 이안을 추격했다.

"어딜! 그리스! 그리스! 바인딩!"

이안은 추격해 오는 칼리엄 공작을 조금이라도 묶어두기 위해 그리스 마법과 바인딩 마법을 연달아 펼쳤다. 지면의 마찰계수를 제로로 만들어 버리는 그리스 마법에 의해 갑자기 기우뚱거린 칼리엄 공작은 발목을 잡는 이안의 마법에 의해 넘어지고 말았다. 초인적인 능력으로 균형을 잡았지만 하급 마법이라도 시너지 효과를 일으키는 것에는 속수무책이었다.

"으아아! 감히!"

몸을 일으킨 칼리엄 공작은 지면을 박차고 공중으로 신형을 날렸다. 15미터 이상을 공중으로 솟구쳐 오른 상태에서 이안을 향해 미친 듯이 오러 뷰렛을 날렸다.

"윈드 캐논! 아이스 스톰!"

이안도 이안 나름대로 마법 운용을 필사적으로 해야 했다. 오러 뷰렛이 날아들 때마다 그것을 피하기 위해 상하좌우 모든 방향으로 불규칙적인 이동을 해야 했다.

'흐윽… 마나서클도 불안정해졌군.'

내부에 받은 충격이 상상 이상이었다는 것을 마법을 펼치면서 느꼈다. 이대로 몇 번 마법을 더 펼쳤다가는 마나서클의 붕괴도 일어날 수 있었다.

"비행 원반 소환!"

이안은 비행 원반을 소환해서 그 위로 올라타고 더욱 속도를 높이며 칼리엄의 주위를 맴돌았다. 그런 이안을 잡기 위해 칼리엄도 오러 뷰렛을 남발해야 했고 거친 욕설로 도발을 멈추지 않았다. 그러나 이안은 무시를 해버리며 하위 마법으로 칼리엄을 붙잡고 어쩌다 강력한 한 방을 날렸다. 그것도 상당히 이펙트가 강한 마법을 위주로 했는데 주로 화염의 폭풍이나 뇌전의 폭풍이 주로 사용되었다.

"하아… 하아… 개자식!"

칼리엄 공작도 오러 뷰렛의 남발로 남은 마나가 간당간당해졌다. 이미 10분 넘게 공중에서 도망 다니며 마법이나 날려

대는 이안을 잡을 방법이 없다는 것도 인정해야 했다.

"이놈! 비겁하게 도망만 다닐 거면 차라리 항복하고 물러나라! 박쥐 새끼도 그렇게는 안 싸우겠다, 이놈아!"

칼리엄은 일부러 목소리를 높여서 이안을 욕했다. 다른 이들도 이안이 상당히 비겁하게 싸우고 있다는 것을 알고 있을 것이었다. 그러나 효과가 확실하게 보이는 마법을 사용하는 탓에 승부는 누가 이길지 모른다는 식으로 포장되어 비쳐지는 것을 경계한 발언이었다.

"늙은이도 지친 거 같은데 계속 이렇게 싸우자고. 난 공중에서 마법을! 늙은이는 땅바닥에서 계속 당하는 거지. 바로 이렇게! 라이트닝 스톰!"

후웅! 파츄츄츄츄츄!

이안이 날린 라이트닝 스톰은 마지막으로 마나를 쥐어짜내서 펼친 것이었다. 이 이상 마법을 펼친다면 마나서클이 붕괴될 것이 분명하다는 감이 왔다. 그래서 격장지계를 펼치며 칼리엄이 제 풀에 물러나도록 만들어야 했다.

"으득… 박쥐 새끼… 다음에는 네놈을 잡을 방법을 가지고 온다. 그렇게 떠다니는 것이 네놈을 살려주지는 못할 것이다!"

칼리엄은 계속 이렇게 싸우다가는 한도 끝도 없다는 것을 인정했다. 자신이 공중을 날아다닐 수 없는 한 이안을 잡는 것은 요원할 것이니 말이다.

'하아… 다행인가? 큭… 다행이 맞구나.'

이안은 칼리엄이 물러가는 것을 보고 비행 원반을 움직여 요새로 돌아왔다. 마지막 남은 정신력으로 온몸을 바로 하고 당당히 어깨를 편 채 요새로 귀환했다.

"와아아아아!"

"적장이 물러갔다!"

"레이너 준장님 만세! 만세!"

병사들은 대륙제일검이라는 칼리엄 공작과 치열하게 싸우고 돌아온 이안을 향해 만세를 불렀다. 100세가 넘은 노괴물의 일방적인 우세를 생각했던 그들은 이안이 그나마 분전했다는 것을 인정한 것이었다.

"주이이이인!"

이안은 비행 원반에서 내려서며 정신을 잃지 않으려 필사적으로 노력했다. 만약 여기서 쓰러진다면 병사들의 사기는 바닥을 향해서 치달을 것이니 말이다.

"에일리… 후욱……."

신이 나서 달려오던 에일리는 이안의 상태가 심상치 않다는 것을 본능적으로 느꼈다. 이전과는 판이하게 다른 기운도 그렇고 이안의 안색이 백지장처럼 하얗게 질려 있었던 것이다.

"나를… 부축하렴."

"아, 알았다. 주인 괜찮은 거냐? 응?"

에일리는 주인이 곧 숨이라도 넘어갈 것 같은지 걱정이 얼굴 가득이었다.

"괜찮아. 힘이 들어서… 그러니까… 나를 부축… 하렴."

"응! 나한테 기대."

에일리는 이안의 옆구리를 감싸 안으며 그를 부축했다. 모르는 사람들이 보기에는 아름다운 에일리를 안으며 칼리엄 공작을 물리친 세리머니를 하는 것처럼 보였다. 손을 흔들어 주며 병사들 사이를 빠져나가던 이안은 달려오는 그레그 소장과 2군단의 지휘관들을 피해서 비공정으로 향했다.

"비공정으로 가자."

"알았어."

비공정으로 향해 가는 이안의 발걸음은 점점 무거워지며 금방이라도 허물어질 것 같았다. 초인적인 정신력으로 버텨 낸 이안은 뒤따라오는 그레그 소장 일행에게 따라잡혔다.

"레이너 준장! 정말 대단한… 이런……."

그레그 소장도 뒤늦게 이안의 상태를 파악하고 입을 다물었다. 그가 필사적인 노력으로 버티고 있다는 것을 안 것이었다.

"비공정으로… 가죠."

"알았네. 나도 도움세."

그레그 소장은 이안의 좌측으로 붙으며 그를 부축했다. 두 사람에게 기대며 걸어가던 이안은 겨우겨우 비공정에 오를 수 있었다.

"우웩! 크윽……."

"이보게, 정신 차리게. 레이너 준장!"

"주이인! 죽으면 안 돼! 주이이인!"

두 사람은 이안이 피를 토해내며 쓰러지자 기겁하여 소리 질렀다.

"비키세요. 어서!"

두 사람은 갑자기 들려오는 여인의 음성에 얼른 이안에게서 떨어졌다. 성녀 아이린의 음성이었고 지금 이안에게 필요한 사람은 자신들이 아닌 그녀일 것이었다.

"로아의 자비로움이 함께하사… 로아의 손길!"

후웅! 휘류류류류륫!

아이린의 신성력이 발휘되자 하얀 빛무리가 만들어지며 이안의 몸을 감쌌다. 곧 숨이 넘어갈 거처럼 거칠었던 호흡이 조금은 차분해지고 얼굴에 핏기가 돌기 시작했다.

"멍청한 사람… 이렇게 될 때까지 싸우다니."

아이린은 이안의 상태가 엄청나게 안 좋다는 것을 느낄 수 있었다. 정신력으로 버텨냈지만 몸은 빠르게 붕괴되고 있었던 것이다.

"하지만 운은 좋네요. 내가 곁에 있었으니."

계속해서 신성력을 퍼붓는 아이린의 손길이 빠르게 이안의 몸을 회복시켜 나갔다.

"대공!"

"고생하셨습니다. 거의 잡았는데 아깝군요."

"저놈을 잡을 아티팩트를 내놓게. 어서!"

칼리엄 공작은 크리스토퍼 대공에게 아티팩트를 내놓으라고 성화를 부렸다. 공중에 떠서 자신을 약 올리던 이안의 그 비릿한 조소는 영원토록 머릿속에서 지워지지 않을 것만 같았다. 더욱 광폭해진 그의 성정이 예의 따위는 싹 무시한 채 대공에게 소리를 지르게 만들었다.

"아티팩트라… 드리지요. 마침 쓸 만한 것을 만들 수 있을 겁니다. 하지만 시간은 좀 걸릴 것이니 진정하시지요."

크리스토퍼 대공은 공중을 날아다니는 이안의 비행 원반에 관심이 많았다. 마법사들은 그것이 비공정의 원리를 축약시켜서 만들어낸 아티팩트라는 것을 알려주었다. 그리고 그것과 유사한 것을 만들 수 있다고 자신했다.

"끄응… 열흘… 그 안에 만들어주게. 저놈을 내 손으로 박살 내야겠으니 말일세."

"하하하! 그 정도면 충분할 겁니다. 기대하셔도 좋습니다."

"기대라… 두고 보지. 난 그만 쉬어야겠네. 애송이랑 드잡이질 하느라 진이 다 빠졌거든."

"네, 쉬십시오. 스승님!"

칼리엄 명예 공작이 피곤함을 호소할 정도로 이안의 능력이 상상 이상이라는 것이 크리스토퍼 대공의 욕심을 부추겼다. 이제 겨우 20대 초반인 이안을 손에 넣는다면 향후 자신이 세울 나라는 대륙을 넘어설 수 있을 것이었다. 아니, 세상을 지배할 수 있는 나라로 우뚝 설 수 있을 거라는 욕망이 서서히 타오르기 시작했다.

"대공 전하!"

"고하라!"

"다아크 공작이 도착했습니다."

"흐음… 왕성의 일은 모두 마무리를 한 것인가?"

"아무래도 그렇지 않겠습니까?"

"하긴… 불러오라."

"명!"

다아크 공작의 실책이 여러 번 있었다. 그것을 만회하기 위해 왕성에서 동분서주한 그가 전장인 이곳으로 왔으니 이제 모든 것은 전쟁으로 결판나게 될 것이었다.

"전하를 뵈옵니다."

"어서 오라."

다아크 공작이 크리스토퍼 대공의 앞에 무릎을 꿇었다. 그리고 무릎걸음으로 다가가 대공의 손을 입을 맞추며 머리를 조아렸다.

"병력은 얼마나 이끌고 왔는가?"

"신이 거느린 병력 8만이옵니다. 2만은 왕성의 수비를 위해 남겨두었사옵니다."

"그렇군. 그럼 가용할 수 있는 전력이 모두 모인 셈이니 화끈하게 공세를 취해야겠어."

크리스토퍼 대공의 말에 다아크 공작은 머리를 조아리며 조심스럽게 입을 열었다.

"한 가지… 죄를 청할 것이 있사옵니다."

"죄? 말하라."

"그것이… 흑마탑과 관련된 서류들이 적들의 손에 넘어간 거 같습니다."

"흑마탑의 서류? 이런……."

어떻게든 서류를 회수하기 위해 노력했던 다아크 공작은 그것을 되찾을 수 없다는 것을 뒤늦게 고백하며 죄를 청했다.

"훗! 그 정도는 아무 문제도 없다. 전쟁에서 이기면 그만이니."

승자 독식의 세상에서 패배자의 외침 따위는 무시하면 그만이었다. 증거 따위는 이기고 난 다음에 얼마든지 조작하면 된다는 생각에 대공은 다아크 공작의 손을 잡아 일으켰다.

"그대는 이 싸움을 이길 것만 생각하라. 그럼 된다."

"감읍하옵니다, 전하!"

다아크 공작은 안도의 숨을 속으로 내쉬며 대공에게 영원한 충성을 맹세했다. 이제 자신이 할 일은 저 요새에 갇혀 있는 적들을 도륙하는 일뿐이었다.

10장

치료는 마계가 최고지!

전장은 날마다 공성을 하려는 대공군과 수성을 하는 2군단의 피 튀기는 혈전이 이루어졌다. 독립여단의 마동포 사수들이 합류한 이래 적군의 마동포를 요격하며 수비가 더욱 강해졌다.

"원군이 도착했다! 독립여단이 도착했다!"

"와아아아아!"

"락토르 만세! 만세!"

병사들은 힘겨운 싸움을 지속하느라 지쳐 있었다. 비록 사흘간의 싸움이었지만 언제 죽을지 알 수 없는 싸움을 하는 것은 심신을 빠르게 갉아먹었다.

"오오! 샤베른이다! 샤베른!"

"아냐, 아냐! 샤베른이 아니라고. 저거 봐, 다리가 6개야!"

"헐! 마동포도 4문이나 달렸어. 우와!"

샤베른의 등장으로 병사들의 사기는 하늘 높은 줄 모르고 치솟았다. 기계장치라는 이름으로 불리지만 그 크기는 일반 기간트를 능가했고 샤베른의 앞쪽에 달려 있는 마동포는 최강의 무기라는 인식을 가지고 있어서인지 더욱 강력해 보였다.

"부대 정렬!"

"정렬하라! 정렬!"

착! 착! 착! 착!

요새의 뒤편 너른 공터에 차례차례 들어와서 정렬하는 독립여단과 이안의 병력들은 일사분란하게 오와 열을 칼같이 맞추며 도열했다.

"오느라 수고가 많았다. 상황이 급하니 환영식은 생략하겠다. 그리고 바로 전투에 투입하는 것을 양해 바란다. 이상!"

"괜찮습니다!"

"바로 전투에 돌입하겠습니다!"

우렁차게 대답한 독립여단의 병사들은 병참을 관리하는 병력을 제외한 나머지가 일제히 전투가 한창인 성벽 위를 향해 우르르 몰려갔다.

"장군, 레이너 준장은 어디 갔습니까?"

그레그 소장이 그들을 맞이하는 것에 독립여단을 이끌고
온 토리와 티모시가 조금 의아한 표정으로 물었다. 그들의 물
음에 그레그 소장은 손짓으로 가까이 붙으라는 신호를 보냈
다.

"무슨 일이 있는 겁니까?"

"후우… 레이너 준장은 지금 부상이 심각해서 치료 중이
네."

"부상이요? 어쩌다가……."

토리는 이안이 부상을 입었다는 말에, 아니, 심각하다는 말
에 믿어지지 않는다는 듯이 물었다. 그가 아는 이안은 최강의
전사로, 이안을 이겨낼 자는 당금 대륙에 몇 없을 것이었다.

"칼리엄 공작과 붙었다가 겨우 무승부를 이뤘다네. 말이
무승부지 기물을 이용한 억지 승부라고 보는 것이 맞네."

아티팩트로 이뤄낸 무승부라는 것을 어느 정도 실력이 되
는 자들은 모두 알고 있었다. 그래도 병사들의 사기를 생각해
서 쉬쉬하며 칼리엄 공작과 무승부라고, 대륙제일검과 비겼
다고 병사들을 독려할 뿐이었다.

"헐… 칼리엄 공작이라니……."

"설마 그 대륙제일검이 이곳에 있는 겁니까?"

두 친구들의 질문에 그레그 소장도 조금은 걱정이 된다는 듯이 말했다.

"맞네, 레이너 준장이 회복되지 않으면 앞으로가 걱정일세. 그가 마음먹고 성으로 돌입해 들어오면 막을 수 있는 사람이 없으니 말이야."

이안 레이너도 마음만 먹으면 적진으로 들어가서 홀로 분탕질을 칠 정도의 수준이었다. 그런데 그보다 강한 칼리엄 공작이 독심을 품고 달려든다면 어마어마한 피해를 강요당하게 될 것이었다. 물론 칼리엄 공작이 그렇게 하지 않는 이유는 그도 자칫 당할 수 있다는 점 때문이었다.

"기간트로 상대하면 아무리 마스터라고 해도 피해를 받을 수 있으니 두고 보자는 거겠지. 하지만 어떤 계기가 주어진다면 칼리엄 공작이 도성을 하지 않으리라는 보장이 없어."

"하아… 어렵군요. 저희는 일단 이안을 보고 전투에 참가하도록 하겠습니다."

"그렇게 하게. 그럼 난 전투 지휘 때문에 먼저 가보겠네."

"네! 고생하십시오!"

두 친구들은 우렁찬 외침으로 그레그 소장을 배웅한 후 곧장 이안이 치료를 받고 있는 곳으로 달려갔다.

"이안! 이안!"

토리는 이안이 치료 중인 방문을 벌컥 열고 이름을 부르며 달려 들어갔다.

"끄응… 왔냐."

"이 자식… 몸은 좀 괜찮냐?"

토리와 티모시는 이안의 몸을 구석구석 살폈다. 크게 상한 부분은 없었지만 여전히 창백한 안색이 마음에 걸렸다.

"몸은 문제가 아니야. 마나로드가 문제지."

"이런… 마나로드가 상했으면 오래 걸릴 텐데."

"그러니까 말이다."

이안도 자신의 몸 상태가 회복되는 것이 적어도 보름은 걸릴 거라 예상했다. 지금 상태에서 억지로 오러를 끌어 올린다면 그 즉시 마나로드가 파괴되며 영원히 폐인이 될 수도 있었다. 아무리 신성력으로 치유를 한다고 해도 마나와의 반발 때문에 마나로드를 치료하는 것은 무리였다. 이안은 보름이라는 시간 동안 아무것도 하지 못하고 기다려야 한다는 것에 답답함을 토로했다.

"칼리엄 공작이 그냥 기다리지는 않을 건데 말이다."

"그러게. 하아… 시간이 원수네."

"마법에는 그런 거 없냐? 시간을 단축하거나 늘리는 거?"

"크크! 그런 게 있을 리가."

두 친구의 말을 들으며 이안은 자신이 뭔가 잊고 있다는 것을 떠올렸다.

'내가 뭘 잊고 있는 거지? 아!'

이안은 토리와 티모시의 말에서 힌트를 얻을 수 있었다. 자신의 마나로드가 회복될 때까지 보름이라는 시간이 필요한데, 그것을 단기간으로 줄일 수 있는 방법에 대한 힌트였다.

"하하하! 고맙다. 너희들 덕분에 답을 얻을 수 있었다."

"그래? 뭔데?"

"말 좀 해주라. 답답하네, 정말."

두 친구에게도 말해줄 수 없는 것이 아레나의 던전이 가진 비밀이었다. 그리고 그 비밀이 자신에게 필요한 시간을 단기간으로 줄일 수 있는 방법이었다.

"아무튼 이틀만 버텨라. 이틀 뒤에 돌아올 테니까."

"응? 그게 무슨 말이야."

"치료하고 온다고. 알았지?"

"그, 그래. 아, 알았다."

이안이 아픈 몸을 일으키며 밖으로 나가자 두 친구는 황당하다는 듯이 서로를 쳐다보며 어깨를 으쓱거렸다.

"주인? 어디 가는 거냐?"

에일리는 이안이 급히 나서자 그 옆으로 바짝 따라붙으며 물었다.

"아레나의 던전으로 간다. 비공정을 준비해."

"헤에! 비공정? 얼른 와라, 주인!"

에일리는 비공정이라는 말에 냉큼 달려갔다. 그녀가 사라지고 홀로 걸음을 옮기던 이안은 아이린을 복도 끝에서 만났다.

"환자가 어딜 가는 거예요? 절대안정 몰라요?"

"치료하러 갑니다. 이틀 뒤에 보죠."

"네? 뭐라는 거예요, 지금!"

"다른 곳에서 치료하고 올 거라고 했습니다. 그럼!"

이안은 아이린을 스치듯이 지나쳐 갔다. 그러나 순순히 물러날 아이린 성녀가 아니었다. 그녀는 바로 이안의 옆으로 따라붙으며 말했다.

"날마다 신성 치료를 받아야 해요. 그래야 빨리 낫죠. 저도 가겠어요."

"네? 이런……."

아레나의 던전에 숨겨진 비밀은 절대 외부에 알려져서는 안 될 극비였다. 만에 하나 마계와 연결된 통로가 그곳에 있음을 알게 된다면 재앙도 그런 재앙이 없을 것이었다.

"절대 안 됩니다. 그러니 포기하세요."

그는 냉정하게 거절하며 성녀를 뿌리치고 걸음을 옮겼다. 그러나 뭔가에 꽂히면 이상하게 똥고집을 부리는 성녀는 그 고집을 지금 발휘하며 이안을 잡았다.

"절대 가야겠어요. 이틀 뒤에 완치된다고요? 어떻게요? 정말 흑마법을 쓰려는 건가요?"

"네? 그게 무슨!"

"그게 아니라면 왜 못 데려가는 건데요?"

아이린은 이안을 무조건 따라가야 한다는 이상한 감에 고집을 부리는 거였다. 따라가지 않으면 뭔가 안 될 거 같은 여자의 감이 아주 강하게 들었던 것이었다.

"하아… 고집 좀 그만 부리세요. 안 된다면 안 됩니다."

이안은 인상을 팍 쓰며 아이린에게 거부의 뜻을 아주 명확하게 전달했다.

"좋아요. 그럼 저도 교국으로 돌아가겠어요. 이단 심판관의 임무는 알폰소 추기경에게 일임하도록 하죠."

"뭐요? 이런……."

착하기만 한 줄 알았던 성녀가 뭐 이렇게 막무가내로 나오는지 한숨이 절로 나왔다. 만에 하나라도 그녀가 진짜 그렇게 해버린다면 전쟁에서 이겨도 이긴 것이 아니게 되어버린다. 그때는 진짜 로크 제국이 국운을 걸고 락토르로 밀고 올 테니 말이다.

"그걸 말이라고 하십니까?"

"뭔가 숨기고 있잖아요. 그게 흑마법과 관련된 건지 어떻게 알아요? 그리고 비정상적인 치료라면 그쪽과 관련됐다는 의심을 하는 게 당연한 거죠!"

아이린 성녀의 말도 어느 정도는 일리가 있었다. 백마법에서 그러한 치유 방법은 8클래스를 넘어서야 가능했으니 말이었다.

"하아… 답답하네."

이안은 성녀가 저렇게 고집을 부리자 더는 방법이 없다는 것을 깨달았다. 여자가 독한 마음을 품으면 남자들보다 더 극단적인 선택을 한다는 것을 잘 알기 때문이었다.

'어떻게 한다?'

아이린을 데리고 가는 방법이 남았을 뿐이었다. 그렇다면 어떻게든 그녀가 아레나의 던전에 관한 비밀을 지키게 만드는 것이 최선이었다.

"좋습니다. 그렇다면 로아의 여신께 맹세를 하세요."

"맹세요? 무슨 맹세를요?"

"지금 가려는 곳에 대해서 절대 누구에게도 말하지 않겠다는 맹세입니다."

이안의 말에 아이린은 싱긋 미소를 지으며 로아의 여신에 대고 맹세했다.

"로아 님의 이름에 맹세코 누구에게도 말하지 않겠어요. 됐나요?"

"끄응… 갑시다."

"호호! 그래요, 진즉에 그렇게 나왔어야죠."

처음에는 맹해 보이던 성녀였는데 갈수록 그 본성을 드러
내는 것 같았다. 착하고 아름다운 이미지에서 똥고집에 하고
싶은 거 다 하려고 드는 여자로 말이다.

"주인! 준비 다 됐다."

"그래, 바로 출발한다. 아레나의 던전으로!"

"우웅! 출바알~"

에일리는 비공정을 조종하는 재미에 낭랑한 외침을 토해
내며, 하늘 높이 날아올랐다.

"주군! 독립여단이 요새에 도착했습니다."

검은 로브의 사내가 하는 보고에 크리스토퍼 대공은 드디
어 때가 됐음을 기뻐했다.

"준비는 모두 끝난 거겠지?"

"물론입니다. 빈 독립여단의 주둔지는 1시간이면 점령할
수 있습니다."

"좋아. 바로 작전에 돌입하라고 연락을 취하도록!"

"명을 받들겠습니다."

휘하의 흑마법사가 물러나자 크리스토퍼 대공은 요새의
성벽 위에서 연신 철환을 쏘아내는 마동포를 지켜보았다.

"아무리 봐도 참 대단한 병기야. 그렇지 않나?"

"아국의 마동포와는 그 차이가 너무 납니다. 크기도 그렇

고 파괴력도 더 강합니다."

대공군을 지휘하는 놀란 백작은 마동포에 대한 욕심을 드러냈다. 저렇게 이동이 간편한 마동포가 있다면 대륙을 점령하는 것도 꿈은 아닐 것이었다.

"그래… 이제 저 빌어먹을 무기가 우리 손에 들어온다는 거지. 크크크크!"

"그렇게 된다면… 락토르가 아니라 대륙을 일통하는 것도 가능할 겁니다."

"내 비록 형님 폐하의 신하인 몸이지만 이대로 끝내는 것은 아니지 싶어. 체이스도… 남부의 리만도… 내 손 안에 넣고 말 것일세. 그 선봉에 백작이 서야 하고 말이야."

"영광입니다, 전하!"

놀란 백작은 체이스와 락토르, 그리고 리만 왕국까지 점령하여 대제국을 건설할 꿈을 꾸는 주군이 자랑스러웠다. 그리고 그 선봉에 자신이 서서 역사에 이름을 남길 생각을 하니 심장이 크게 요동치며 원대한 꿈에 부풀었다.

"대공, 아티팩트는 어떻게 됐는가?"

이안과의 싸움에서 칼리엄 공작도 적잖은 내상을 입었다. 비록 그 정도가 이안에 비할 바는 아니었지만 사흘을 쉬고 난 후에야 이전의 몸 상태로 돌아왔다.

"어서 오십시오, 스승님!"

칼리엄을 깍듯이 맞이한 크리스토퍼 대공은 휘하의 마법사들이 역량을 발휘하여 만들고 있는 아티팩트에 대한 것을 그에게 이야기했다.

"며칠만 더 기다리십시오. 그럼 그 이상한 접시 모양은 아니지만 비슷한 기능을 하는 아티팩트가 완성될 겁니다. 대강 이런 모양이라고 하더군요."

그는 한쪽에 놓여 있던 서류들 중에서 도면 하나를 꺼내 공작에게 내밀었다. 공작은 호기심 어린 눈으로 도면을 보다 이내 약간 실망한 듯이 투덜거렸다.

"이건 너무 크지 않나? 그 어린놈의 것은 매우 작던데 말이야. 그래야 움직이기도 편하고 전투에도 좋은데."

"하하하! 그렇게 크지는 않을 겁니다. 그래 봐야 2배 정도의 크기인데요."

"에잉… 이렇게 마법 공학이 뒤떨어져서야 어디 얼굴 들고 다니겠나?"

대공은 스승의 말에 자신도 그것이 불만이라는 말을 속으로 삼켰다. 작은 락토르에서 만들어내는 것을 제국은 왜 만들지 못하느냐는 그런 불만이었다.

―마스터의 방문을 환영합니다. 어서 오세요, 마스터!

반갑게 맞이해 주는 아레나의 음성에 이안은 마지막 관문의 인식 마법진에 손을 얹었다.

"아이린 성녀의 출입을 허락한다."

─등급 확인을 바랍니다.

"음… 최하등급으로."

─최하등급으로 승인되었습니다.

보통이라면 자신이 왔을 때 그냥 열렸겠지만 아이린이 따라붙은 덕분에 그녀에 대한 출입 허락을 해주어야 했다. 최하등급이라는 말에 아이린의 표정이 살짝 토라진 듯했지만 그런 것에 신경 쓸 이안이 아니었다.

구구구궁!

거대한 철문이 활짝 열리고 마계의 문을 틀어막고 있는 거대한 마법 수정구가 마나의 운무 위에 둥실 떠 있는 내부의 광경이 눈에 들어왔다.

"어머! 저건 뭐예요?"

신비로운 광경이라면 광경일 것이었다. 사람의 키를 훌쩍 뛰어넘는 아름다운 마법 수정구와 마나가 요동치며 만들어내는 환상적인 운무는 단숨에 아이린을 사로잡았다.

"아! 주군께서 오셨군요. 어서 오십시오."

문이 열리자 안에서 연구에 몰두하고 있던 로이건 자작이 종종걸음으로 달려 나와 인사했다. 그의 옆에는 3명의 마법사들이 더 있었는데, 이안도 전에 인사를 했었던 로이건의 동료들이었다. 그 중 2명은 6서클로 올라선 모습이어서 이안을 흐뭇하게 만들었다.

'역시 레이첼 님의 마법사가 뛰어나기는 한가 보네.'

깨달음을 얻어야 올라갈 수 있는 클래스의 장벽을 레이첼이 남긴 마법서를 보고 뚫어낸 자들이 많았다. 모두가 로이건의 사제이거나 인연이 있던 자들이었는데 마탑에 소속되지 못한 비주류 마법사들이 특히 많았다. 그런 이들이 속속 합류하여 한 단계 더 높은 경지로 들어선 것을 보니 흐뭇한 마음이 절로 들었다.

"고생들이 많습니다."

"아닙니다. 아 참! 전에 하명하셨던 물건이 완성됐습니다. 지금은 대량으로 만들기 위해 마나 저장구를 이용해서 찍어내고 있습니다."

"아! 그렇군요."

로이건이 동료들과 함께 금역으로 지정된 이곳에 있는 이유를 알 것 같았다. 마법 스크롤을 대량으로 제작하는 것은 엄청난 심력도 소모하지만 그보다는 마나가 필요했다. 그 마나를 마계에서 뿜어져 나오는 마나를 저장하고 제어하는 수정구에서 뽑아 쓰는 것이었다.

'바람직한 일이다. 이렇게라도 마나를 소모시키는 것이 더욱 안정적일 테니까.'

마법 수정구에서 마나를 소모시키는 일은 무엇보다 중요했다. 이전처럼 마나를 쌓아놓기만 한다면 예전과 같은 사태가 다시 벌어지게 될 것이었다.

"많이 만드셨군요. 철환에 넣고 폭발하게 만드는 것도 연구가 끝난 건가요?"

"네, 시제품을 보시죠."

로이건이 보여주는 시제품은 기존의 철환과는 모양새가 많이 달랐다. 길쭉한 원통형으로 생긴 본체 앞쪽에 추 모양의 부속품이 하나 더 달린 모양이었다.

"이 추가 무게를 잡아주어 더 멀리 날아갈 수 있도록 해줍니다. 그리고 무게가 무거워서 이 부분부터 떨어지게 되어 있죠. 그리고 안은 이런 식으로 되어 있습니다."

안쪽에는 추와 연결된 날카로운 칼날이 달려 있었다. 추가 먼저 충돌해 그 여파로 밀려서 들어가면 칼날이 스크롤을 자르는 식으로 구동 방식이 만들어졌다.

"확실히 괜찮네요."

"스크롤만 있으면면 곧바로 양산할 수 있습니다."

"하루에 얼마나 만들 수 있을까요?"

포탄을 만드는 것보다 스크롤을 만드는 것이 더 어려웠다. 스크롤에 마법진을 그려 넣고 그것을 활성화시키는 작업은 마법사가 직접 해야 하는 작업이었다. 중간에 마나를 불어넣는 일은 마법 수정구로 대신한다고 해도 말이다.

"해보니 제가 하루에 만들 수 있는 스크롤의 수가 200장 정도입니다. 네 명이서 종일 달라붙으면 600장은 만들 수 있더군요."

"하루에 600개의 포탄이라… 나쁘지 않네요."

한방에 적 수십 명을 격살할 수 있는 것이 이 포탄이라는 무기였다. 1개당 20명만 잡아도 포격으로 1개 사단 병력을 날려 버릴 수 있다는 결론이 나온다. 자신이 치료를 마치고 나올 때까지 이틀이 소요될 것이니 그 안에 만들어진 것만 가지고 가도 적들에게는 재앙이 내려질 것이었다.

"제가 치료를 하고 나올 때까지 최대한 많이 만들어주십시오. 전황이 좋지만은 않습니다."

"네? 어디가 안 좋으십니까? 아… 그러고 보니 안색이 조금 나빠 보이기는 합니다만."

"칼리엄 공작과 일대일 승부를 벌였습니다. 겉으로는 무승부지만 제가 진 싸움이었습니다."

"이런… 그자가 나타났다면 확실히 어렵겠군요. 하아……."

칼리엄이라는 이름은 50년 전부터 대륙을 진동시킨 이름이었다. 때문에 아직 어린 이안이 그런 자와 싸워서 이겨내야 한다는 것이 얼마나 어려운지 로이건도 잘 알고 있었다. 하지만 그를 이겨내지 못한다면 결국 모든 것을 잃어야 하는 것이니, 반드시 이겨내라고 주문할 수밖에 없었다.

"부디 이겨내십시오. 모든 것이 주군의 어깨에 달려 있습니다."

"네, 반드시 그래야죠. 그럼 부탁드립니다."

"어서 가십시오. 우리는 잠깐 나가 있지."

로이건은 이안이 마계로 들어가는 것을 동료들에게 보여줄 수 없었기에 그들을 데리고 밖으로 나갔다. 그가 나가자 이안은 아레나에게 마계로 들어가는 입구를 열 것을 주문했다.

"아레나, 마계로 통하는 차원의 문을 열어라."

―네, 마스터. 차원의 문을 엽니다.

"네? 마계요?"

아이린은 마계로 통하는 차원의 문이라는 말에 화들짝 놀랐다. 진짜 이안이 흑마법사들, 아니, 마왕급의 존재와 계약을 맺어서 강해진 존재가 아닌가 하는 의심이 들었다.

"한 번만 말합니다. 그러니 새겨들으세요. 이곳에는 마계와의 차원의 통로가 만들어져 있습니다. 400년 전, 그것을 막기 위해서 프록시나 레이첼 님을 비롯한 리하르트의 영웅들이 희생을 했어야 했습니다."

"400년 전이요? 아……."

"이 아레나의 던전은 레이첼 님이 만드셨으며, 마계의 통로를 막는 역할을 수행했고 앞으로도 수행할 겁니다. 저 마법 수정구는 마계에서 흘러나오는 마나를 저장하는 것이고 차원의 문을 막는 장치이기도 합니다."

이안이 설명하는 이야기를 말없이 듣던 아이린은 레이첼을 비롯한 영웅들의 노력으로 자신들이 무사할 수 있었다는 것을 깨달았다. 그리고 그 비밀을 지키기 위해 자신을 데리고 오지 않으려고 한 이안의 일도 이해할 수 있었다.

"비밀을 지켜야 하는데 당신이 고집을 부려서 오게 된 겁니다. 성질 같아서는 진짜 패주고 싶지만… 참아야 하니 조금은 성질이 나네요."

"그, 그런가요. 에구……."

아이린은 이안이 정말 화가 났다는 것을 느끼고는 자라목이 되어 찔끔했다.

―차원의 통로를 오픈합니다. 오픈!

후웅! 휘류류류류류룡!

마나가 소용돌이치듯이 뿜어져 나오자 아이린은 음습한 마계의 마나에 진저리를 쳤다. 신성력과는 충돌을 일으키는 것이라 숨을 쉬는 것조차 쉽지 않았다.

"아… 숨이 막혀요."

"쿵! 여기 남아 계세요. 치료만 마치고 나올 테니."

"하지만… 따라가겠어요. 마계를 직접 겪어보는 것도 경험일 테니까요."

"쩝! 갑시다."

이안이 통로로 들어가자 에일리와 아이린도 덩달아 따라 들어갔다.

─열흘 뒤 이 시간에 통로를 다시 열겠습니다. 무운을 빕니다!

아레나의 음성을 들으며 통로를 통과한 이안은 빛이 사라진 지독한 어둠의 세계, 마계로 접어들었다.

쎄에에엑! 콰앙! 콰쾅!

연신 날아드는 마동포의 포격으로 요새 위는 계속해서 파괴되어 갔다. 독립여단이 증원되면서 마동포의 수가 늘어났지만 죽기 살기로 쏘아대는 적들의 공격에 많은 희생자를 낼 수밖에 없었다.

"으득… 이대로는 안 되겠다."

이안이 없으니 독립여단의 지휘권은 선임 연대장인 토리에게 있었다. 뭔가 결심한 듯이 자리를 박차고 일어나는 토리를 본 티모시가 앞을 막으며 물었다.

"어떻게 하려고?"

"신형 샤베른을 투입해야겠어."

"신형 샤베른을? 어디다 투입하려는 건데?"

티모시는 신형 샤베른의 강력함을 알고 있었지만 투입할 곳이 없다는 것이 안타까웠다. 전장을 누비며 적 기간트들을 포격전으로 잡는 것을 보고 싶은 마음이었다.

"저기다 올려 보내려고."

"뭐? 너 미쳤냐?"

토리가 가리키는 곳은 요새의 성벽 위였다. 높은 요새의 성벽은 기간트의 공격을 막기 위해 그 폭이 50여 미터가 넘는 무척 넓은 두께를 자랑했다. 그러니 샤베른을 올릴 수만 있다면 충분히 운용할 수 있을 것이었다.

"내가 왜 미쳐?"

"어떻게 올리려고? 높이가 30미터나 되는데."

"지켜만 보라고. 어떻게 하나."

"끄응……."

앓는 소리를 내며 토리가 하는 것을 지켜보던 티모시는 어떤 방식으로 성벽 위로 올리려는 것인지 이해를 할 수 없었다.

쿠르르르르릉!

그때 굉음을 내며 요새의 성벽 아래로 접근한 것은 상갑판을 닫은 기간트 캐러밴이었다. 기간트를 이동시키는 목적으로 만들어진 것이라 그 높이가 15미터에 달하는 덩치를 자랑했다. 그런 캐러밴이 성벽 아래로 서자 얼추 절반의 높이를 커버할 수 있었다.

"구형 샤베른을 캐러밴 위로 올려라. 서둘러!"

"충!"

구형 샤베른의 조종사들이 바쁘게 레버를 조작해서 기간 트 캐러밴 위로 올라섰다. 그리고 미리 명령받은 대로 성벽에 바짝 붙으며 받침대 역할을 하기 위해 움직였다.

"어라… 가능하겠는데?"

티모시는 샤베른이 받침대 역할을 위해 성벽 아래에 서자 나머지 절반의 2/3에 해당하는 높이가 해결되는 것을 목격했 다. 이제 남은 것은 그런 받침대를 딛고 올라가는 것이었다.

"신형 샤베른을 성벽 위로 올려라. 기동!"

"추웅!"

신형 샤베른 30기가 굉음을 내며 전진했다. 기간트 캐러밴 을 기어 올라간 후, 곧장 받침대 역할을 하는 구형 샤베른마 저 타고 올라가기 시작했다.

"와우! 다리가 6개라 진짜 쉽게 올라가네."

"그러게. 나도 정말 될지는 몰랐다. 크크크!"

토리는 신형 샤베른이 성벽 위로 올라가자 얼른 전투가 한 창인 곳으로 뛰어 올라갔다.

"샤베른 조종사들은 들어라!"

"추웅!"

"지금부터 적들을 향해 일제 포격을 가한다. 발포하라!"

"명!"

조종사들은 우렁차게 합창하듯이 복명하며 일제히 샤베른을 움직였다. 다리가 6개에 양팔이 달리고, 몸체에는 4문의 마동포까지 달린 괴물이 실전에 처음으로 등장하는 순간이었다.

"마동포 발사!"

"발사! 발사하라!"

후웅! 콰앙! 콰콰콰콰콰콰콰쾅!

30대의 샤베른이 일제히 마동포를 발포하며 아군에게 쏘아대는 적 마동포대를 공격했다.

"바로 발사해. 조준! 발포하라!"

조종사들은 마동포의 포신을 움직여 적 마동포를 겨냥하고 2차 포격을 가했다. 그러는 동안 앞쪽에 타고 있는 부사수는 본체에 파묻혀 있는 마동포의 작약 부위를 교체하며 얼른 철환을 장약했다.

"으하하! 신난다, 신나!"

조종사들은 연속 포격으로 적군 마동포를 잡는 재미에 소리를 내지르며 발을 동동 굴러댔다. 레버를 잡아당길 때마다 철환이 쏘아지고 적진은 그 철환에 당해 아비규환으로 변하니 신이 나도 너무 나는 것이 문제라면 문제였다.

"와… 미친 샤베른이다."

"저걸 어떻게 이겨? 헐……."

병사들은 전투를 하다 말고 신형 샤베른이 적진을 아예 휩쓸다시피 하는 것을 지켜보았다. 구형 마동포는 철환을 장약하고 마나가 차는 시간 동안 포격을 할 수 없었지만, 신형 샤베른은 그런 제약이 거의 없다는 듯이 포격을 가하고 있었다. 1분의 시간 동안 4발의 철환을 포격하면 도로 쿨 타임이 찼으니 적들에게는 과히 공포라고 불러야 할 것이었다.

"정신 차려라! 적들이 올라온다!"

"아… 싸, 싸워야지. 내 정신 좀 보게."

"흐흐! 그래도 이길 수 있을 거 같아서 기분은 좋네."

병사들은 신무기인 신형 샤베른의 위용에 사기가 하늘을 뚫고 올라가는 기분이었다. 저런 괴물들과 함께라면 절대 질려야 질 수 없다는 그런 자신감이 전쟁을 뒤덮기 시작했다.

11장

내가 돌아왔다.

　신형 샤베른이 투입되자 전황이 뒤집어졌다. 수비군을 견제하던 마동포가 신형 샤베른의 포격으로 쑥대밭이 되어버린 영향이었다. 반격을 가해도 샤베른의 양팔이 들린 거대한 강철 방패에 막혀서 소용이 없으니 일방적인 싸움으로 흘러가 버렸다.

　"미친 듯이 쏴라!"

　"흐흐흐! 뒤져라! 발포!"

　마동포를 쏘아대는 샤베른 조종사들은 이제는 마동포대를 쑥대밭으로 만들고 다음 목표로 포신을 돌렸다. 바로 밀고 들어오는 운재차를 향했는데 한 번의 포격에 운재차는 바로 파괴되며 공성을 할 수단을 잃게 만들었다.

끼아아아아악!

일방적인 전투로 흘러가자 샤베른을 견제하기 위해 적진에서 와이번이 날아올랐다. 이안에 의해서 절반이 넘게 죽은 탓에 13마리가 남았지만 그것만 해도 상당한 위협이 될 소지가 다분했다.

"하강하며 마법을 발사한다. 최대한 타격을 입혀야 함을 명심하라!"

"맡겨주십시오. 대장!"

라이더들은 이안이 등장하지 않기를 바라며 조심스럽게 요새의 성벽으로 접근했다. 며칠째 나타나지 않았으니 큰 부상을 입었을 것으로 생각했지만 그 움직임에서 단단히 겁먹었다는 것이 드러났다.

"400! 300! 하강!"

쎄에에에엑! 파츠츠츠츠측!

와이번 라이더들의 손에 들린 마법 스틱에서 번개가 쏘아져 내렸다. 강력한 뇌전이 그대로 샤베른에 직격하며 강렬한 폭음을 만들어냈다.

"크윽! 으아아악!"

기간트는 5클래스의 마법 방어진을 새겨 넣었지만 샤베른은 그런 것에 무방비였다. 개발하는 기간도 짧았고 그것을 새겨 넣을 시간도 없었으니 어찌 보면 당연한 결과라 할 수 있었다.

"제길!"

토리는 샤베른 세대가 뇌전에 당하는 것을 보고 이를 갈았다. 정확하게 말하면 샤베른이 당한 것이 아니라 그 안에 타고 있는 조종사들이 감전되어 죽어나간 것이었다.

"크하하! 선회하여 다시 공격한다. 선회!"

라이더들은 샤베른에서 올라오는 연기를 보고 확실하게 자신들의 공격이 먹혀들었음을 알았다. 엄청난 병기로 여겼던 샤베른의 약점을 알아냈다는 것에 그들은 신이 나서 두 번째 공격을 준비했다.

"바로 공격한다! 하강!"

"죽어랏!"

라이더들은 2차 공격을 위해 가지고 있는 마법 스틱을 총동원하여 마법 공격을 가했다. 주로 번개와 화염 계열의 공격을 퍼부으며 샤베른의 조종사를 노리는 방식을 선택했다.

"크악! 사, 살려줘!"

"으아아아! 끄륵……."

방패로 가린 샤베른은 그나마 조종사가 무사했지만 그렇지 않고 본체를 가격당한 것은 조종사의 사상으로 이어졌다.

그렇게 속수무책으로 와이번에게 당하자 대번에 전황이 공성을 하는 대공군에게로 넘어가기 시작했다.

"으득… 이대로는 안 된다… 이대로는!"

토리와 티모시는 벌써 5대의 샤베른 조종사들이 죽어나가자 이를 바득바득 갈았다. 아무리 샤베른이 조종하기 쉬운 기체라고 해도 원활한 조종을 위해서는 적어도 수십 일의 교육이 필요했다. 특히 신형 샤베른 같은 경우는 마나 코어가 교체된 탓에 그 파워가 남달라서 더욱 세밀한 조종을 필요로 했다.

"뭐하려고?"

티모시는 토리가 조종사가 당한 샤베른으로 달려가자 그 뒤를 따라가며 물었다. 그러자 토리는 눈에 분노의 불길을 뿜어내며 외쳤다.

"저 새끼들 잡아야지. 이대로 당할 수는 없어!"

"어떻게 하려고? 날아다니는 놈들을 어떻게 잡아?"

"두고 봐. 내가 어떻게 하는지."

토리는 조종석에서 죽은 조종사의 사체를 끌어내고 안으로 들어갔다. 마나 코어는 조종사가 죽었어도 여전히 가동되고 있었기에 바로 기동에 들어갈 수 있었다.

"이렇게 하면… 잡을 수 있어."

토리는 레버를 미친 듯이 잡아당기며 샤베른을 움직였다.

끼잉! 끼이잉!

맨 뒤쪽 다리가 바닥에 납작 엎드리고 두 번째 다리는 굽히는 정도로 지탱했다. 그리고 맨 앞쪽의 다리를 똑바로 세우며 샤베른의 기체를 사선으로 기울게 만들었다.

"좋았어… 네놈들이 당할 차례다!"

토리는 조종관으로 보이는 마동포의 포신 가늠좌를 통해서 와이번이 나타나기를 기다렸다. 서서히 와이번이 선회하며 재차 달려드는 순간 포신을 움직이며 가늠좌에 걸었다.

"잡았다. 발포!"

콰앙! 콰콰쾅!

한 번에 4발의 철환을 그대로 쏘아 올렸다. 검은 선을 그려내며 날아오르는 철환이 아래로 하강하는 와이번을 향해서 번개처럼 쏘아져 나갔다.

"으… 피해!"

라이더는 철환이 날아드는 것을 뒤늦게 알아채고 와이번을 피하도록 명령했다. 그러나 그 명령을 듣고 와이번이 피하기도 전에 철환은 와이번의 거대한 몸체에 명중했다.

키아아아악!

비명을 지르며 떨어져 내리는 와이번은 뼈가 함몰되는 부상을 입고 날개의 피막마저 찢어진 채 허우적거렸다.

"잡았다! 모두 나를 따라 와이번을 잡는다!"

"추웅!"

샤베른 조종사들은 토리가 와이번 한 마리를 잡아내자 환호성을 울리며 그를 따라 하기 시작했다. 마동포로 와이번을 잡는다는 상상을 하지 못하고 일방적으로 당했던 그들은 분풀이라도 하려는 듯이 허공에 포격을 가했다.

퍼엉! 퍼걱! 후두두둑!

100여 발의 철환이 일제히 쏟아지며 도주하는 와이번을 일거에 쓸어버렸다. 회피해서 돌아가는 와이번은 고작해야 2마리였고 그 마저도 다시는 돌아올 엄두를 내지 못할 만큼 강력한 공격이었다.

"으하하하! 이겼다!"

"꼴좋다. 개놈 새끼들!"

조종사들은 동료들의 복수를 화끈하게 한 것에 승리의 함성을 내질렀다. 이제 다시 승리의 추가 수성군 쪽으로 기울기 시작했다. 그 증거가 공성군의 퇴각을 알리는 나팔 소리로 드러났다.

우웅! 우웅! 휘류류류룽!

마계에서 치료에 들어간 지 꼬박 보름이 넘어서 이안은 완벽하게 회복할 수 있었다. 성녀인 아이린의 도움이 무척 컸는데 그녀가 걸어주는 신성 회복은 마나로드를 제외한 나머지를 최상의 상태로 만들어주었다. 그 덕분에 남은 5일간 미친 듯이 광속검이라 명명한 기술을 완성시키기 위해 최선을 다했다.

'오러의 효율이 아직도 부족해. 많이 좋아졌다지만 이렇게 해서는 5번 정도가 고작이다.'

처음에는 2번을 펼치면 오러를 사용할 마나도 남아 있지 않았다. 이제는 2.5배로 좋아졌다지만 말만 2.5배지 여전히 쓰레기 같은 기술이었다.

'근육의 폭발적인 움직임을 만들어내려면 결국 오러의 폭발 외에는 방법이 없는 것인가? 하아… 어렵네.'

마스터의 눈에도 잔상이 남을 정도로 빠르게 움직이는 방법에 대한 것을 여러 각도로 연구하고 또 연구했다. 하지만 육체적인 능력을 올리는 방법은 그 외에는 없다는 것이 그가 내린 결론이었다.

"후우… 오러 뷰렛처럼 쏠 수 있으면 좋겠군. 그럼 모든 것이 해결될 건데……."

육체의 한계로 더 이상은 효율을 기대하기 어려운 것에 자조적인 독백을 하며 고개를 좌우로 내저었다. 명상을 접고 칼리엄에게 호되게 당했던 그의 검술이나 연구할 생각을 하다 다시 자리에 주저앉았다.

"쏜다? 쏘아낸다? 오러 뷰렛이 가능하면 육체의 다른 부위도 가능하지 않나? 피스트 마스터들이 오러 피스트를 날리는 것이 보면."

이안은 자신이 잘못 생각하고 있었던 것이 무엇인지 떠올랐다. 꼭 오러로 육체를 강화해서 광속검을 펼치는 것이 능사가 아니라는 것이었다.

'그래… 발로 오러 뷰렛처럼 오러를 뿜어낸다면… 범위를 넓히고 위력을 약하게 하면 몸이 철환처럼 쏘아져 나갈 수 있다.'

이안은 방법이 떠오르자 그 방식을 구체화시키기 위한 연구에 들어갔다. 몸을 타고 흐르는 마나로드의 한 부분에서 오러를 쏘아내는 것이 가능하다는 것도 운용을 해가며 알아낼 수 있었다.

"이 정도면… 해보자!"

이안은 서서히 속도를 올리며 걷다가 이내 속도를 폭발적으로 증가시켰다.

'여기서!'

달리는 와중에 느낌이 오는 순간 발바닥의 마나로드를 통해 오러를 역화시켜서 쏘아냈다.

콰앙! 쉬이익!

순식간에 몸이 앞으로 튀어나갔다. 20여 미터를 뛰어넘는 것이 고작이었던 도약이 그 2배 가까이 증가하는 쾌거를 이룰 수 있었다.

"오오! 된다… 돼!"

이안은 속도는 광속검에 미치지 못했지만 오러의 손실을 최소화하며 더 멀리, 그리고 빠르게 이동하는 것에 환호성을 울렸다.

'오러를 밀어내듯이… 그리고 범위는 좁혀서!'

다시 시도하며 이전과는 조금 다른 방법으로 오러를 쏘아 냈다. 콰앙 소리가 나며 신형이 폭발적으로 쏘아져 나갔다. 이전과는 다르게 거리는 좁아졌지만 속도는 훨씬 더 증가하는 것에 만세라도 부르고 싶은 심정이었다.

'이대로 연습하면 나갈 때까지 어느 정도 실전에 써먹을 정도는 가능하겠다.'

연달아 미친 듯이 질주하다 오러를 폭발시키며 순식간에 공간을 격하고 날아가는 연습에 매진했다. 음습하고 칙칙한 마계의 마나를 받아들여 사납게 날뛰는 것을 다스리느라 마나 연공법과 운용법도 점점 더 상위의 것으로 올라가고 있었다.

"아웅! 주이인!"

에일리는 이안이 광속검을 완성하기 위해서 필사의 수련을 하자 무료함을 느꼈다. 그래서 이안을 찾아와 놀아달라는 표정을 지으며 뭔가를 갈구하는 눈빛을 마구 쏘아내고 있었다.

"심심한가 보구나."

"우웅! 에일리 심심하다. 주인은 만날 뜀박질만 하고 안 놀아줬다."

"그래, 내가 무심했네. 어떻게 놀아줄까?"

이안은 어느 정도 초기 광속검에 준하는 속도를 낼 수 있게 되자 에일리의 투정을 기분 좋게 받아줄 수 있었다.

"움… 움… 막 쓰다듬어 주기?"

에일리는 주인이 자신을 쓰다듬어 줄 때 가장 행복감을 느꼈다. 그래서 자연스럽게 쓰다듬어 달라는 말을 하며 초롱초롱한 눈빛을 마구 마구 쏘아댔다.

"그, 그러냐? 하하… 그럼 이렇게 하자."

"말해라, 주인."

"에일리 네가 나를 잡으면 그 상으로 쓰다듬어 주마. 어때? 해볼 테냐?"

"아웅… 주인이 도망가고 에일리는 잡는 거냐?"

"그래. 그렇게 하면 되는 거지."

"어렵다. 주인 너무 빠르다."

에일리는 이안이 그간 미친놈처럼 마계를 달리는 것을 지켜보았다. 자신이 야수화를 이루고 달려도 그 스피드를 따라

잡는 것이 무척 어려웠다. 아니, 잡을 수 없다는 것이 그녀의
판단이었다.

"흐음… 그럼 이렇게 하자."

피릿! 파파파파팟!

이안은 오러를 발출하여 방원 20미터 정도의 원을 그렸다.
그리고 그 원 안으로 들어가며 에일리에게 말했다.

"이 안에서만 움직이는 걸로 하자. 그럼 잡을 수 있겠
니?"

"헤에… 이 정도는 충분하다."

에일리는 이안의 속도가 빨라도 좁은 원 안에서만 움직이
는 거라면 충분히 잡을 수 있다고 자신했다. 야수화를 이룬
상태라면 자신의 움직임도 적어도 두 배 이상으로 올라갈 것
이니 말이다.

"좋았어. 그럼 시작하자!"

"캬웅! 주인 잡는다!"

에일리는 달려가며 야수화 되어갔다. 순식간에 입고 있던
로브가 찢어지고 한 마리 야수가 되어 이안의 뒤를 맹렬하게
쫓았다.

'발상의 전환… 그것이 얼마나 대단한 것인지 이제야 깨달
았다. 검술이 고착화된 것도 그 발상의 전환이 없어서였고.'

이안은 왜 이런 방식으로 움직이는 방법이 이전까지 없었

는지 깨달을 수 있었다. 갑옷의 발달은 검술 또한 중검술 위주로 변화시켰고 파괴력을 극대화시켜서 일검에 상대를 베어내는, 아니, 부수는 것에만 몰두했던 탓이었다.

'쾌검술은 갑옷 때문에 사라져 버린 것이다. 실력이 올라가기 전에 갑옷 입은 자들을 뚫지 못하고 죽어나갔을 테니까.'

쾌검술의 사장은 검술의 묘리를 중검술 위주로 편중되게 만들어 버렸다. 환검술이 남아 있기는 했지만 그것도 고수로 불리는 최상급 익스퍼트나 되어야 사용하는 검술로 굳어졌다. 그 이전에는 갑옷의 방호력을 이겨내지 못하고 죽어나갈 뿐이니 말이다.

'지금도 그렇다. 이 원 안에서 에일리의 추격을 뿌리치는 것이 스텝을 비약적으로 발전시킬 수 있음이니.'

이안은 놀이를 가장한 술래잡기로 스텝의 발전을 꾀했다. 폭발적으로 뛰쳐나가는 것만 능사가 아니라 오러의 운용을 세밀하게 조절하는 것으로 순간순간 방향을 틀면서도 더욱 빠르게 움직일 수 있는 연습을 하려는 것이었다.

"아웅! 주이이인!"

에일리는 이안이 결정적인 순간에 꼭 이상하게 빠져나가자 성이 머리끝까지 나서 소리를 질렀다. 그러나 이안은 희죽 웃으며 손 키스를 날리는 시늉을 했다. 잡으면 그 손 키스를 에일리의 입술에 해주겠다는 시늉이었다.

"아웅! 꼭 잡고 만다."

에일리는 쓰다듬어 주는 것이 아닌 키스를 해주겠다는 이
안의 행동에 눈에 불을 켜고 달려들었다. 반드시 그 키스를
받고 말겠다는 초야수적인 의지를 불태우며 말이다.

"기사단 돌격 준비!"

"우오오오오오!"

천여 명의 기사들이 헬카이드 산맥의 초입에 위치한 독립
여단의 주둔지를 향해 일렬로 늘어섰다. 그 뒤로는 근 2만에
가까운 병력이 도열하며 전투의 의지를 불태웠다.

"적은 고작 2천 명에 불과하다. 단숨에 적들을 격파하고 목
표를 달성한다. 모두 알겠나?"

"추웅!"

기사들과 병사들은 빈집이나 마찬가지인 전투라는 것에
기세를 하늘 높이 끌어 올렸다. 그들은 지휘관의 검이 높이
들어 올려졌다가 내려오는 것에 일제히 앞으로 튀어나갔다.

"적진을 점령한다. 가자!"

"우와아아아아아아아!"

강렬한 함성을 내지르며 2만에 달하는 병력이 일제히 독립
여단의 주둔지를 향해 밀려 올라갔다.

"훗! 이제야 오는가?"

주둔지에 진을 치고 있는 것은 헥토르와 그 휘하의 병사들이었다. 산맥에 숨어서 칼을 갈고 있던 그들은 아레스 왕자의 완전 사면령을 받고 이번 싸움을 학수고대하며 기다렸다.

"모두 대기! 절대 적이 보이기 전까지 움직이지 마라!"

"……."

복명도 하지 않고 오직 고개만 까닥이며 적들이 돌격해 올 때까지 기다리는 1군단의 생존자들은 불타오르는 분노를 병장기에 담았다.

"올라가라!"

"적들을 주살하라!"

기사들이 외치는 명령에 병사들이 우르르 올라오고 소수의 병력으로 위장하고 있던 병사들은 우왕좌왕하는 모습을 연출했다. 그 모습에 더욱 기가 산 대공군은 산비탈을 힘겹게 타고 오르며 독립여단의 바위 요새로 뛰어들었다.

"지금이다! 바위를 굴려라! 화살을 쏴라!"

헥토르 후작은 우레와 같은 외침을 토하며 검을 쓸어냈다. 그의 명령이 떨어지자, 숨조차 죽인 채 대기하던 병사들이 일제히 자리를 박차고 일어나며 돌격해 오는 적들에게 화살을 날렸다. 그리고 양군은 치열한 싸움을 벌이기 시작했다.

"로크의 개들을 모두 섬멸하라! 공격!"

"우와아아아아아아!"

헥토르 후작군들 사이에서 대기 중이던 제니스는 휘하의 기사들과 병사들에게 적들의 섬멸을 명했다. 제니스 휘하의 병력이 가진 가장 큰 무기는 바로 연사 석궁으로 1천 정이 넘게 보유하고 있었다. 그들이 일제히 연사 석궁을 발사하며 달려 올라오는 적들을 향해 죽음을 선사했다.

피피피피피피피피핑!

레버를 당길 때마다 쿼렐이 쏘아져 나가 적병을 꿰뚫었다. 아무리 육체적인 능력이 뛰어난 기사급의 전력도 강력하고 빠른 연사 석궁 앞에서는 무력하게 죽어나가야 했다.

"허헛! 정말 대단한 무기로군."

헥토르 후작은 이안이 고작 2천의 병력만 남기고 가면서도 이겨낼 수 있을 거라고 했던 것을 이제야 이해할 수 있었다. 기간트가 아니라면 저 연사 석궁 부대가 지키는 독립여단의 요새를 돌파하지 못할 것이니 말이다.

"보라! 승리는 우리의 것이다. 모두 적들을 쓸어내라!"

"우오오오오오오!"

헥토르 후작군은 독립여단의 연사 석궁에 의해 적들이 사정없이 죽어나가자 더욱 분발하며 싸움에 임했다. 그렇게 수만 명이 맞붙는 싸움은 순식간이라고 해야 할 정도로 일방적인 전투가 되어갔다.

"주군! 결단을 내려주십시오."

"이대로는 피해만 늘어날 뿐입니다!"

놀란 백작을 비롯한 제장들이 일제히 몰려와서 크리스토퍼 대공에게 결단을 촉구했다. 요새의 성벽이 20미터 이상의 높이로, 가장 높은 곳은 30미터에 달하는 윈터폴 요새를 상대로 기간트를 사용하게 해달라는 촉구였다.

"으음… 기간트의 피해는 얼마나 될 거 같나?"

"적어도 절반은 부서질 것입니다. 적들이 가지고 있는 마동포의 위력이 워낙 강해서."

놀란 백작의 말에 대공은 잠시 눈을 감고 이해득실을 따졌다. 기간트는 락토르를 집어삼키고 난 다음에는 더 이상 충원할 수 없었다.

물론 자신의 휘하에 있는 마법사들이 기간트를 만들어낼 수 있다지만 그것은 생산 설비와 기타 등등이 준비된 이후에 가능했다. 그러니 적어도 몇 년간은 지금 가지고 있는 기간트로 버텨야 하는 처지였다.

"예전에 받은 보고 중에 락토르의 애송이가 싸운 기록이 있었는데 말이야. 기간트 캐러밴을 이용해서 싸웠던 거 같은데."

"아! 알고 있습니다. 캐러밴에 흙을 실어서 철환을 막아냈던 싸움이라고 들었습니다. 그런 다음 캐러밴을 타고 넘어가서 요새를 점령하려고 했다지요."

"바로 맞췄네. 그런 방식이라면 캐러밴은 잃을망정 기간트의 피해를 최소화할 수 있을 게야."

"명안이십니다, 주군!"

놀란 백작이 머리를 숙이며 하는 말에 대공은 빙그레 미소를 지으며 명령을 내렸다.

"그 방식으로 기간트의 출전을 허락한다. 반드시 요새를 공취하도록 하라!"

"충! 명을 받듭니다."

놀란 백작과 제장들이 물러가자 크리스토퍼 대공은 점점 수렁 속으로 빨려들어 가는 느낌에 입술을 지그시 깨물었다. 어떻게 이렇게 어려운 싸움이 되었는지 이해가 가지 않는 일투성이였다.

"쯧쯧쯧! 저런 요새 하나 떨어뜨리지 못하고 우왕좌왕이라니… 에잉!"

"스승님 오셨습니까."

"전에 말한 것은 완성이 됐는가?"

칼리엄 공작은 이안의 비행 원반에 대항할 수 있는 아티팩트가 완성됐는지부터 물었다. 조만간 이안도 다시 복귀할 것이고 그를 잡으려면 꼭 필요한 것이었다.

"안 그래도 보내 드리려고 했습니다. 저기 있습니다."

대공이 가리킨 곳으로 시선을 돌린 칼리엄 공작은 조금은 뚱한 눈으로 요상하게 생긴 물체를 쳐다보았다.

"흐음… 역시 아니다 싶구먼."

작은 보트에 박쥐의 날개를 양쪽에 달아놓은 모양이었다. 크기도 비행 원반에 비하면 족히 3배는 더 컸다. 조종하는 곳에는 긴 막대가 튀어나와 있었고 그 끝엔 수정구가 달려 있었다.

"처음 만들어진 것이라 그럽니다. 조만간 더 나아지겠지요."

"끄응… 할 수 없지. 난 저놈을 가지고 연습을 좀 하겠네. 그러다 마음 내키면 요새로 가서 마동포라는 것을 처리해 줌세."

"그러시겠습니까? 하하하! 그러면 정말 큰 힘이 될 겁니다."

크리스토퍼 대공의 입장에서는 정말 바라마지 않던 일이었다. 아무리 대공의 신분이라고 해도 칼리엄 공작은 함부로 부탁하기 힘든 그런 대상이었으니 말이다. 그런 공작이 스스로 나서주겠다는 것이니 머릿속이 개운해지는 느낌이었다.

"그럼 연습 좀 해볼까."

칼리엄 공작은 비행체에 올라타고 수정구에 손을 얹었다. 그리고 의념을 투사하며 비행체를 기동시켰다.

우웅! 스스스스슛!

공중으로 둥실 떠오른 비행체가 의념에 반응하여 빠르게 하늘 높이 치솟아 올랐다.

"오오! 좋구나, 좋아!"

칼리엄 공작은 자신의 의념으로 조종하는 대로 움직이는 비행체에 상당히 흡족해했다. 이런 정도의 움직임이라면 이 안의 비행 원반에 충분히 대응할 수 있을 것이라 여긴 것이었다.

"그럼 어디 보자."

좌에서 우로, 또 위에서 아래로 급속 기동을 하며 검을 휘둘러 보았다. 얼마 지나지 않아서 자유자재로 움직일 수 있게 된 칼리엄 공작은 요새를 향해서 밀고 나가는 기간트 캐러밴의 후미를 향해 비행체를 이동시켰다.

둥! 두둥! 둥! 두둥!

퇴각을 알리는 북소리가 요란하게 전장을 뒤흔들고 공성을 위해 죽기 살기로 덤비던 대공군이 썰물처럼 빠져나갔다. 그리고 곧이어 굉음을 내며 후진을 한 기간트 캐러밴이 요새를 향해 밀려들었다.

"큭! 저 새끼들이 미쳤나."

"1군단 흉내를 제대로 내는데 뭐."

토리와 티모시는 신형 샤베른을 탄 채 이를 갈았다. 병력을 물리는 것에 승리의 함성을 내지르던 병사들도 멍하니 전방을 주시하며 숨을 죽이고 있었다.

"연대장님, 어떻게 합니까?"

"캐러밴을 쏩니까? 명령을 내려주십시오."

마동포 포수들과 샤베른 조종사들은 캐러밴을 타격해야 하는지 갈피를 잡지 못했다. 흙을 가득 실은 채 후진으로 다가오는 캐러밴을 쏴봤자 피해를 입히지 못하고 철환만 낭비하는 셈이었다.

"대기하라! 전원 대기!"

토리는 이전의 싸움을 생각하고 마동포 포격을 멈추게 했다. 캐러밴에서 튀어나오는 기간트를 노리는 것이 최선이라는 걸 이전의 경험을 통해서 알고 있었던 것이다.

"미리 아래로 발사각을 맞추도록!"

끼깅! 기기깅!

토리와 샤베른 조종사들이 다리를 낮추는 식으로 발사각을 최대한 하향 조종했다. 곧 캐러밴을 넘어 적 기간트들이 요새를 넘기 위해 올라올 것이었다. 그것을 요격하는 것이 자신들이 노려야 할 순간이었다.

고오오오오오오!

토리는 기간트가 올라오기를 기다리다 이상한 소음에 공중으로 시선을 돌렸다. 그때 그의 눈에 들어온 것은 하늘을 날아오는 괴상한 비행체였다. 작은 보트에 날개가 달려 있는 그것에는 한 사람이 탄 채 활활 타오르는 오러의 불길을 가득 뿜어내고 있었다. 칼리엄 공작이었다.

"이런 젠장! 발사각 높여! 칼리엄 공작이다!"

"어떻게 하려고?"

"마동포로 놈을 잡는다. 포수들은 칼리엄 공작을 향해 포격을 가하라! 발포하라!"

콰앙! 콰콰콰콰콰콰콰쾅!

샤베른과 마동포의 포수들이 일제히 날아오고 있는 칼리엄 공작을 잡기 위해 마동포를 발사했다. 100여 발이 넘는 철환들이 일제히 날아가며 칼리엄 공작을 잡기 위해 쏟아져 나갔다.

"하하하! 그런 장난감으로 나를 어떻게 할 수 있을 거 같더냐. 쪼개져라!"

쉬잇! 콰직! 콰지직!

칼리엄 공작은 날아오며 철환들을 유려한 검술로 갈라냈다. 대부분의 철환은 그의 옆을 지나쳐 적진으로 날아갔고 유효 범위에 있는 것들은 모두 베어내 버렸다.

"저걸 베어내다니… 헐……."

토리와 티모시는 칼리엄 공작의 신묘한 검술에 경악했다. 이제 재장전을 할 시간 동안 그는 요새로 돌입할 것이었다.

"화살을 쏴라! 절대 접근하게 해서는 안 된다. 발사! 발사하라!'

그레그 소장은 칼리엄 공작을 막을 수 있는 사람이 없다는 것에 기함하여 어떻게든 그가 공중에 있을 때 요격하려고 기를 썼다.

그러나 수천 발의 화살이 날아감에도 그를 어쩌지 못했다. 오러 실드에 격중된 화살들이 가루가 되어 허무하게 지상으로 떨어져 내렸다.

"이거나 받아라! 오러 뷰렛!"

슈웅! 콰드드드등!

칼리엄 공작이 다가와 발출한 오러 뷰렛이 그대로 신형 샤베른을 관통했다. 파괴된 샤베른을 탈출하지 못한 조종사는 그 자리에서 즉사했고 기동이 멈춰진 샤베른은 기음을 내며 서서히 주저앉았다.

"모두 부셔주마! 크하하하하!'

칼리엄 공작이 날뛸 때마다 샤베른이 파괴되기 시작했다. 토리와 지휘관들은 발을 동동 구르며 어쩔 줄 몰라 했다. 이대로 싸움이 지속된다면 적군의 기간트가 요새를 넘어오는 것을 막지 못할 것이었다.

후웅! 파츄츄츄츄츄!

"이런! 웬 놈이냐!"

칼리엄 공작은 3대째 샤베른을 부수기 위해서 움직이다, 갑자기 날아든 뇌전이 직격하자 버럭 소리를 질렀다.

"내가 돌아왔다! 모두 안심하고 적 기간트를 상대하라!"

우렁우렁한 음성이 요새를 뒤흔들었다. 공중을 격하고 날아오는 이안을 발견한 병사들이 안도의 숨을 내쉬었다.

"개자식… 빨리 좀 오지."

"그러게 말이다. 크크크!"

친구들은 이제 살았다는 생각에 괜한 투정을 부리며 이안을 타박했다. 그런 타박을 지나친 이안은 비행 원반을 움직여 칼리엄 공작을 상대하기 위해 날아갔다.

"늙은이가 제법이야?"

"흐흐흐! 이제 네놈을 잡을 무기가 생겼으니 제대로 붙어 봐야지?"

칼리엄은 자신이 타고 있는 비행체를 가리키며 자신만만한 표정을 지었다. 이제 이안이 가진 유일한 장점이 사라졌으니 승리는 자신의 것이라는 자신감의 표출이었다.

"2라운드 시작인가? 뭐 나쁘지 않지."

이안은 어차피 돌아오면 칼리엄 공작과 붙을 생각이었다.

너무 일찍 붙는 것이 조금 그렇기는 했지만 일부러 미룰 생각
도 없었다.

"붙어보자고. 타앗!"

이안이 비행 원반을 빠르게 조종하며 칼리엄 공작을 향해
서 날아갔다. 그런 이안에 맞서서 칼리엄 공작 역시 줄기줄기
타오르는 오러의 검을 생성한 채 전투에 돌입했다.

『이안 레이너』 10권에 계속…

FUSION FANTASTIC STORY

자미소 장편소설

GRAND SLAM
그랜드슬램

2016년의 대미를 장식할 최고의 스포츠 소설!!

Career record : 984W 26L
Career titles : 95
Highest ranking : No.1(387weeks)
Grand Slam Singles results : 23W
Paralympic medal record : Singles Gold(2012, 2016)

**약 십 년여를 세계 최고로 군림한 천재 테니스 선수.
경기 내내 그의 몸을 지탱하고 있는 것은…… 휠체어였다.**

『그랜드슬램』

휠체어 테니스계의 신, 이영석(32).
그는 정상의 자리에서도 끝없는 갈망에 사로잡혀 있었다.

"걷고 싶다, 뛰고 싶다. …날고 싶다!!"

뛸 수 없던 천재 테니스 선수
그에게, 날개가 달렸다!!!

Book Publishing CHUNGEORAM

유행이 아닌 자유추구—
WWW. chungeoram.com